ペスト時代を生きたシェイクスピア

——その作品が現代に問うもの

川上重人 著

本の泉社

《目次》

＊シェイクスピア作品の訳は、すべて小田島雄志訳、新書版『シェイクスピア全集』（白水社）に依る。
＊本文中には、今日からみれば人権擁護の見地から不適切と思われる表現が含まれているが、原作の時代背景、オリジナリティを尊重し、そのままとした。

第I章　シェイクスピアはペストをどう描いたか
――プロローグに代えて

一五六四年、シェイクスピア生後三ヵ月のとき、イングランド中部の町ストラットフォード・アポン・エイボンに疫病（ペスト）感染の波が押し寄せ、町の全住民の一割以上にあたる二三七人が半年で死亡している。後にシェイクスピアはロンドンで活躍することになるが、その生涯で六度のペストの流行――一五六四年、一五八二年、一五九二～九三年、一六〇三～〇四年、一六〇六年、一六〇八～〇九年――を体験している。

ジェイムズ・シャピロ『「リア王」の時代　一六〇六年のシェイクスピア』には当時の疫病の状況が次のように記されている。

シェイクスピアの生家
（ストラットフォード・アポン・エーヴォン、著者撮影）

……エリザベス朝のロンドンで疫病が起こっていないときはなかった。一五九七年には疫病のために四十八人の死者が出て一五九八年には十八人、一五九九年には十六人、一六〇〇年には四人出たという記録がある。一五九九年にリスボンで新たに始まった急激な発症はスペインに広まり、大陸じゅうに蔓延したようだ。これは一六〇三年二月までにはロンドンに達し、五月には死者が週二十人を超えた。それから急激にロンドンでの疫病による死者が爆発的に増え、七月末までに一千人以上が毎週死んでいた。ジェームズ（一世）は戴冠のためにエディンバラから到着したばかりであり、感染症を王に近づけないようにと万全の警戒態勢がとられた。ウエストミンスター寺院付近の水陸の一般の通行は禁じられ、戴冠式のあとジェームズは急ぎ比較的安全なハンプトン・コート宮殿へ退いた。計画されていた祝典や公の祝賀は延期せざるを得なかった。

疫病に襲われた町から逃げ出したのは、ジェームズ王だけではなかった。罹病してしまった者さえが逃げ出そうとしたのだ。「町から出て野原の生垣の下で死んだり、さらに遠くまで行ってから死んだりした人は大勢おり、ここハムステッドでも毎週そうした人たちが、家の庭や離れ家などが開いていると入りこんできてそこで死ぬのである」と公文書に記されている。発病者のなかには窓から身を投げたりテムズ河に飛び込んだりする者もあった。酒や宗教にすがる者もあり、ロンドンの教会では特別の祈りが捧げられた。

疫病が最高潮となった八月末には人口およそ二十万人のロンドンでは、週に三千人の死者を数えた。冬になって寒さで蔓延が抑えられたときには、すでに人口の三分の一近くが倒れていた。三万人以上のロンドン市民が死に、さらに三万人ほどが病気に罹りながら生き延びていた。その冬から春にかけて依然として死者が出続けたため、劇場は閉鎖されたままだった。一六〇四年四月に僅かのあいだ再開されたものの、暖かい気候が始まると疫病がぶり返し、また九月まで閉鎖された。疫病発生が長期に亘ると、国王一座としては地方の村々や地方の貴族の屋敷をまわって巡業するよりほかなかった（国王から支給された三十ポンドも生活の足しとなった）。一座の地方巡業の記録は多くないが、一六〇三年から一六〇五年のあいだにバース、シュルーズベリー、コヴェントリー、イプスウィッチ、マルドン、オックスフォード、バーンステープル、サフロン・ウォルデンで国王一座に上演の報酬が支払われた記録がある。（43－44ページ）

一六〇三年の流行ではロンドンの人口の一割が犠牲となるが、それはシェイクスピアの劇団が、新しく即位したジェイムズ一世をパトロンとする「国王一座」になった年でもあり、『オセロー』、『リア王』、『マクベス』は、その流行の年の後三年以内に書かれたと推定されている。そして、その後の一六一〇年までの時期に、『アントニーとクレオパトラ』、『冬物語』、『テンペスト』などが生まれている。特にこの時期は感染が激しく、劇場は度々閉鎖され、公演期間は九ヵ月にすぎなかった。その間、シェイクスピア一座は地方回りで生活の糧を得たのだった。

ペストをめぐる深刻な危機はシェイクスピアのいくつかの作品にも反映されている。

二人の恋人をめぐる悲劇である『ロミオとジュリエット』では、ロミオの死の直接的な動因としてペストの感染があげられている。仮面舞踏会で

シェイクスピアの故郷　エイボン川（著者撮影）

知り合った二人は深く愛し合うが、両家はかねてからの仇敵どうしの間柄だ。二人をひそかに結婚へ導いたローレンス神父は、喧嘩に巻き込まれ追放の身のロミオに便りをしたためる。そこには、ジュリエットが仮死状態となる薬を飲み、蘇生後にロミオと駆け落ちさせようとする手はずが記されていた。しかし、ロミオは手紙を読むことなく霊廟に駆けつけ、ジュリエットが死んだと勘違いして毒薬を飲む。その後、目覚めたジュリエットはロミオの亡骸を見て絶望し、短剣で自殺する。重要な計画がロミオに伝わらなかったのは、手紙を託されたジョン修道士が伝染病に冒された家にいあわせたと疑いをかけられ、検疫官に戸を封鎖され、隔離されてしまったからだ。

『マクベス』には、疫病感染と権力の座をねらい周囲の者を殺す暴君マクベスの恐怖とを重ね合わせた町の様子が描写されている。死者を送る教会の鐘の音が鳴りやまず、誰のために鐘が鳴らされているのか、その名を尋ねる人さえいないという町の重たく沈鬱な光景である。

溜息、呻き、嘆きが天をつん裂くが
気にとめるものもない。激しい悲しみの情も

日常茶飯事としか見えない。弔いの鐘を聞いても
だれが死んだか問うものもない。人々のいのちは
帽子にさす花より早く枯れしぼみ、病気でもないのに
ばたばたと死んでいく。
（四幕三場）

シェイクスピアは他の作品でも、単に比喩的なものとして、あるいは恐怖をよび起こすものとしてペストのことをとりあげている。

『リア王』では、リアが長女ゴネリルのことを「おまえはわしの腐った血が生み出す腫れ物だ、吹き出物だ、膿みただれた出来物だ」（二幕四場）などと呼んだり、『アントニーとクレオパトラ』では、どちらが勝っているかと問われた兵士が「味方はまるで疫病やみだ、死斑が現われている」（三幕一〇場）とこたえている。『恋の骨折り損』では、「ところであの三人のからだに隔離患者用の札をぶらさげてほしいな、三人とも心臓に悪い病気がとりついているのだ、あなたがたの目からうつされてね」（五幕二場）と、恋の病をペストに喩えたりしている。また、『アテネのタイモン』では、忘恩のアテネに復讐しようとする武将に対して、タイモンは「大ジュピターが悪徳のはびこる町に毒の雨

を降らせるときの疫病のように猛威をふるうのだ」と語っている。

しかし、シェイクスピアは、ペストで死んでいく人を登場させたり、ペストを主題とした作品はまったく書いてはいない。ロミオはペストによる犠牲者だった、ともいえるが、ペストにかかり死に逝く人は皆無である。

シェイクスピアの作品では、男も女も間違いなく独特な死に方をしている。『オセロ』では、デズデモーナがベッドで窒息させられて死ぬ。『タイタス・アンドロニカス』では、婦女暴行犯のカイロンとディミートリアスがのどを切られ、その人肉はパイ皮に包まれて焼かれた。『リチャード二世』ではランカスター公が息子の国外追放に怒りながら老い果てた死を迎える。『ハムレット』では、オフィリアが溺死するなど、シェイクスピアは数々の死を描きながらも、もっとも社会的な深刻な問題であるペストについて直截的に表現するということはなかった。

シェイクスピアと同時代の劇作家、パンフレット作者のトーマス・デッカーは、疫病について熱狂的な創作シリーズや皮肉を込めた散文を書き、詩人で劇作家のベン・ジョンソンは『錬金術師』で、疫病で地域封鎖されて主人不在の屋敷を守る召使いが欲望を発散させる様を描いた。これらの作家たちは、疫病が十七世紀社会にもたらした直接的な影響を探るうえでも貴重な作品を残している。

だが、シェイクスピアはこれらの作家と作風を異にする。

ペストの感染には、人間社会が作りあげた境界線などない。強力な感染力はあらゆる人びとに襲いかかり、何千、何万人もの人々――父、母、夫、妻や子どもたちを墓場へいざなう恐るべき存在であった。そこでは、一人ひとりの生活や思考、感性、性癖などの個人の独自性はすべて奪われてしまうのだ。〝今日の死亡者は何人、感染者は何人〟と数だけが浮き彫りにされ、個々人の人生の物語は数字に置き換えられてしまうのだった。

十七世紀のイギリスの官僚サミュエル・ピープス（一六三三～一七〇三）は、一六〇六年九月二十日の街の様子をこう記している。

ロンドン塔まで歩いた。だが、主よ、通りはなんとがらんどうで淋しく、かわいそうな病人たちが出歩いているが、皆腫物ができている。歩いている間にもいろいろ悲しい話を耳にした。皆、この人が死んだ、あの人は病気だ、ここでは何人、あそこでは何人、などということばかかり取り沙汰している。ウェストミンスターには医師は一人もおらず、たった一人薬屋が残っているだけで、皆死んでしまったということだ。

（『ピープス氏の秘められた日記』107ページ）

こうした深刻な状況下において、シェイクスピアは恐るべきペストを記録として残すというリアリズムではなく、人間をあるがままに描くことに重きを置いたのであろう。それは、階級、社会、歴史という舞台で、王と臣下、父親と娘、商人と貴族、道化と王、王子娘がぶつかりあう様を活写することで、人間を主題とし、その本質を捉えようとしていたのかも知れない。

同時に、シェイクスピアは生涯をペストの恐怖の下で生きたが故に、疫病の波が弱まれば開演される劇場にやってくる観客に、あえて疫病患者や症状そのものを語ることを避けたのであろう。ペストの危険性はだれもが痛いほどわかっていたはずだから、ペストの惨状を舞台にのせることで劇場離れを避けるという営業上の理由もあったのかも知れないし、観劇の後にうなだれて帰る姿をお互い見たくもなかったのであろう。

ロンドンには事実上いつもどこかにペストがあり、大体十年ごとに大流行しては大勢の命を奪った。生活に余裕のある人たちは大発生のたびにロンドンから逃げ出した。ロンドンを出てすぐのところ、たとえばリッチモンドやグリニッジやハンプトンコートその他に宮殿がいくつもあるのも、これが主な理由だ。市内のペストによる死者が四十人に達すると、ロンドンの半径七マイル（十一・二キロ）以内ではあらゆる興行が——教会へ行く以外に人が集まる催しはすべて——禁止されたのだが、これがたびたびだった。（中略）ここで生き延びるのは並大抵ではなかった。ロンドン市内のどこをとってみても寿命はせいぜい三十五歳で、二十五歳まで生きられるかどうかという貧民地区まであった。ウィリアム・シェイクスピアが初めて目にしたロンドンは、圧倒的なまでに若者の都市だったのである。

（ビル・ブライソン『シェイクスピアについて僕らが知りえたすべてのこと』、64-65ページ）

　とはいえ、シェイクスピアの作品（芝居）は、ペストによる人々の不安や恐怖、そして苦悩をやわらげるものであった。パワーあふれる役者の演技は、人々のそうした思いを代弁してくれるもので、明日へと生きる活力となった。

シェイクスピア作品は全三七作（今日では三九作といわれる）である。今回とりあげたのは悲劇が三つ、史劇が一つ、喜劇が一つ――これらの五作は危機の時代に多くの指針を与えてくれることを痛感した。そのことは三章で述べたいと思う。
「どんな人間の中にも奥深く眠っている宝石がある」（仲代達也）――危機の時代、危機の状況にあるからこそ、あらゆる分野でこの言葉が大切されることを強く願う。

【参考文献】
・臼田昭『ピープス氏の秘められた日記――十七世紀イギリス紳士の生活――』岩波新書
・仲代達也「どんな人間の中にも宝石がある」、「しんぶん赤旗日曜版」新年合併号二〇二一年一月三日号
・ジェムズ・シャピロ『『リア王』の時代　一六〇六年のシェイクスピア』河合祥一郎訳、白水社
・ビル・ブライソン『シェイクスピアについて僕らが知りえたすべてのこと』小田島則子・小田島恒志訳、NHK出版

第Ⅱ章　五つの作品を読む

1 『ジュリアス・シーザー』*Julius Caesar*

果たして群衆は愚かなのか?

推定執筆年一五九九年、初版一六二三年

ストーリー

ローマの街では、ポンペーを滅ぼし、凱旋してくるジュリアス・シーザー（ラテン語：ユリウス・カエサル）をひとめ見ようと市民たちが熱狂し、街頭に群がっていた。そこへ占い師がやってきて、「用心なさい、三月十五日に」とシーザーに告げる。この勝利によって、絶大な権力を得たシーザーを快く思っていないローマの政治家キャシアスは、友人であるキャスカ、シナと共謀し、シーザー暗殺を企てる。キャシアスは、人格高潔で市民の評判も高いブルータスを計画に引き込もうとする。シーザーとも親しいブルータスは逡巡するが、結局は暗殺計画に加わることを決める。ブルータスの異変に気づいた妻ポーシャは夫を心配し、秘密があるなら打ち明けてくれと頼む。

　三月十五日の朝、シーザーの妻、キャルパーニアは不吉な予感がするといって、シーザーに元老院に出席しないよう懇願するが、ブルータスらはシーザーを無理やり登院させることに成功する。そして、計画通りにシーザーを襲撃し、刺し殺す。親友と思っていたブルータスが剣を向けたことに、シーザーは衝撃を受け、「おまえもか、ブルータス！」と言って絶命する。暗殺者たちは跪いてシーザーの血に手を浸し、祖国の自由を宣言する。

　ブルータスは市民たちの前に出て、暗殺の目的はローマの自由を守ることであって、「私がシーザーを愛さなかったためではない、それ以上にローマを愛したため」の行為であったと説明する。市民がこれに納得した後、ブルータスはアントニーにシーザーへの弔意を示すことを許可する。アントニーは市民に対してシーザーの業績を並べ立て、シーザーが市民一人ひと

ジュリアスシーザー（シェイクスピアグローブ座）

りに遺産を残していたことを公にし、一方で「ブルータスは公明正大な人物だ」と、ことさらに皮肉な調子でもちあげる。アントニーは、シーザーの遺言などを用いて巧みに市民たちを誘導し、市民たちはてのひらを返したように暗殺者たちを批判し始める。その後、オクテヴィアス、レピタス、アントニーの三頭政治が行われ、ブルータスとキャシアスの軍に対抗することを決める。

性格の大きく異なるキャシアスとブルータスの間には、日がたつにつれ溝ができ、ブルータスの陣で二人は互いの態度について言い争うが、ブルータスが妻ポーシャの自殺の報に悲しんでいることを知ったキャシアスはブルータスを慰め、口論はおさまる。二人は今後の戦略について相談し、ブルータスの提言によりフィリパイに軍をすすめて会戦することに決める。キャシアスが帰った後、ブルータスのもとにシーザーの亡霊が現れ、フィリパイで相まみえようと語る。

アントニーとオクテヴィアスは、互いの意見に齟齬をかかえつつも、フィリパイの野でブルータスとキャシアスを迎え撃つ。会戦の最中、キャシアスは偵察に行った友ティティニアスが捕らえられたとの報を聞いて、もはや生き延びられぬと考え、奴隷のピンダラスにシーザー暗殺に用いた剣で自分を刺すよう命じる。ところがティティニアスが捕らえたというのは誤報であり、彼は無事に戻ってきてキャシアスの死体を発見する。もはやこれまでと考えたブルータスは、部下の剣に走りかかって自害する。アントニーは、ブルータスだけが真に高潔な動機から暗殺に加わった人物であったと称えた。

『ジュリアス・シーザー』が上演された政治的背景

『ジュリアス・シーザー』は、ローマ時代という遠い異国に場面を置きながらも、政権をめぐる政権の変転の模様と政治家のもつ共通した特徴、形態、性質などを描いたものので、一五九九年の九月末には上演されていたようだ。シェイクスピアがこの作品を書く誘因となったのは、ヨーロッパの人々にとって古代ローマの悲劇の英雄として知られるシーザーへの関心とともに、この時期に起きたエセックス伯にまつわる政治的事件にあるといわれている。

エセックス伯ロバート＝デブルーは、シェイクスピアとほぼ同時代に生き、女王エリザベス一世の寵臣であり、武勇にも優れていた。しかし、エセックスは政権争いに巻き込まれる。彼は、一五九九年、アイルランドでの反乱を鎮圧するために遠征軍の指揮官に任命され、その過程で女王と対立してしまう。エセックスの自信過剰で横柄な態度に女王が激怒し、彼の耳を殴り、エセックスが剣の柄《つか》に手をかけたといわれている。この一件はおさまり、女王の信頼を再び取り戻したかのように見えたが、アイルランドでの反乱を鎮圧できずに失敗したことで失脚した。しかし、エセックスは一六〇一年に復権を期して、宮廷内で対立を深める伯爵ロバート・セシルの排除を狙ったことが女王に危害を加える謀叛の罪であるとして、死刑を宣告された。かつての女王の寵臣にたいして慈悲はかけられることはなかった。一六〇一年二月二十五日、ロンドン塔の中庭で処刑された。時に三十四歳であった。

エリザベス女王の治世は経済的にも文化的にも著しい成長を遂げた時代であった。しかし、その反面、この時代はさまざまな面で不安の時代でもあった。女王は生涯未婚で、王位継承者も確定しないままに老衰していくという厳しい現実が、人々の心に陰りをもたらし始めたのだ。女王の死後、エセックスに象徴されるような王権の継承についての不安や内戦が起きるかもしれないという人々の恐怖心が高まっていった。こうしたことが『ジュリアス・シーザー』を生み出す背景のひとつとなったのだった。政権交代劇の題材をイングランドではなく、古代ローマにとったのは、エセックスの一件で神経過敏になっている女王を刺激しないように配慮したからだと考えられている。『ジュリアス・シーザー』ほど、政治的不安、混乱、暗中模索ぶりを表現したものはない。シーザーが権力を握り暴君となる危険性を排除し、政治体制の崩壊を防ごうとした結果、国家の崩壊を招き、共和政を守ろうとした故に、共和政を破壊したのだった。シーザーは滅び、独裁君主制が勝つことになる。

ブルータス、アントニー――生と死を賭けた二人の追悼演説

ロンドンのシェイクスピア・グローブ座では、開演前にもかかわらず観客席から「シーザー、シーザー」との声が湧き起こる。観客が一斉にシーザーの凱旋を今か今かと待ちわび、歓呼しているのである。まるで、この芝居の幕開けに登場する市民たちのように――

「ジュリアスシーザー」の公演ポスター

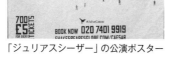

その市民たちに対して、ローマの役人（護民官）は、「シーザーの像の絹飾り」をかたっぱしから剝がし、シーザーの凱旋に不愉快な気持をもっている。シーザーが権力を笠に着て専制暴君になることを恐れているのである。通りに集まった靴屋や大工たちを役人のマララスが無理に追い散らそうとする。

（一幕一場）

ああ、血も涙もない冷酷なローマの平民ども、
きさまらはポンペーを忘れたのか？　……

ポンペーの一族を血祭りにあげて帰ってくるシーザーを市民たちが熱狂的に迎えるとはなんと愚かで非情な振舞いであることか、ポンペーへの恩を忘れ去り、舌の根が乾かぬうちにシーザーになびく、そんな市民たちに腹を立て、マララスはこうつづける。

それなのにいま、きさまらはあの男の道に花を撒くのか、
ポンペーの血族を滅ぼしての凱旋を祝うために？
とっとと帰れ！

いそいで家に帰り、ひざまずいて神々に祈るがいい、
このような恩知らずには必ずふりかかる
疫病のわざわいだけはどうかお許しくださいとな。
（一幕一場）

市民たちは気勢をそがれ、すごすごと帰っていく者もいるが、シーザーの後には群衆がつづく。そこへ占い師がやってきて、シーザーと妻キャルパーニアにこう告げる。

用心なさい、三月十五日に。
（一幕一場）

ローマの政治家キャシアスは、友人キャスカやシナと共謀し、いまや絶大な権力を得たシーザーの暗殺を計画する。キャシアスは、シーザーの親友であり、道義を重んじるブルータスを計画に引き込もうとする。ブルータスは共和政を信奉し、人間として誠実であることがよく知られ、市民の評判も高い。

キャシアスはブルータスにシーザー暗殺を説く。

人間、ときにはおのれの運命を支配するものだ、
だから、ブルータス、おれたちが人の風下に立つのは
運命の星が悪いのではない、罪はおれたち自身にある。
ブルータスとシーザー、そのシーザーになにがある？
その名がきみの名以上にもてはやされる理由があるか？
並べて書いてみろ、きみの名前だってりっぱなものだ、
口に出してみろ、ひびきのよさにちがいはあるまい、
秤にかけてみろ、重さは同じだ、呪文に唱えてみろ
……
シーザーはいったいなにを食らってあれほどまでに
成りあがったのか。現代よ、おまえは汚辱の時代だ！
ローマよ、おまえは高潔な血統を失っているのだ！
デウカリオンの大洪水以来、一度でもあったか、
一人の人間がすべての栄誉を独占した時代が？
……

かつてブルータスという男があった、その男は
このローマに王を認めるぐらいなら、むしろ
悪魔に君臨させるほうがましだと信じていたという。
（一幕二場）

キャシアスのこんな感傷的な言葉ではシーザー暗殺を正当化することはできない。だからこそ市民に人気のあるブルータスに、是非とも暗殺者に加わってもらわなければならないのだ。そのブルータスにはシーザーを殺す理由がなく、逡巡するが、自分自身を納得させるための理由をつくりあげてしまう。

どうしても彼の死が必要だ。おれとしては、
彼にたてつく個人的理由はなに一つない、あるのは
おおやけの理由だけだ。彼は王冠を欲しがっている、
手に入れたら彼の性格がどう変わるか、それが問題だ。
マムシが這い出るのはきまってうららかな日だ、
だから用心して歩かねば。彼を王に？――そこだ！
（二幕一場）

こうして、ブルータスは暗殺計画に加わることを決める。キャシアスはシーザーの腹心の部下であるアントニーもいっしょに殺すことを企むが、ブルータスは、それでは「怒りにまかせて殺し、殺したあとまで憎むようだ」として反対する。三月十五日の朝、不吉な予感がすると言って妻、キャルパーニアがシーザーに議事堂へ出かけないように懇願する。シーザーは一度はとどまるが、その日に暗殺決行を決意しているブルータスらに言いくるめられて登院する。彼らはシーザーが議事堂に到着すると、筋書き通りにシーザーを襲撃する。親友と思っていたブルータスまでが剣を向けたことにシーザーは苦闘の中から声をふりしぼる。

おまえもか、ブルータス！　（三幕一場）

シーザーが絶命すると、暗殺者たちは跪いてシーザーの血に手を浸し、祖国の自由を宣言するのだった。その後、広場に集う市民の前で、ブルータスは暗殺に至ったやむなき事情と理由をこう語る。

……もし会衆のなかに、だれかシーザーの親友をもって任ぜられる人がおられるなら、私はその人に言おう、ブルータスのシーザーを愛する友情はその人にいささかも劣りはしなかったと。またもしその人が、ブルータスのシーザーを倒した理由を聞きたいと詰問されるなら、私はこう答えよう――それは私がシーザーを愛さなかったためではない、それ以上にローマを愛したためであると。どうだろう、諸君はシーザー一人生きてすべての諸君が奴隷として死んでいくことを望むだろうか、シーザー一人死んですべての諸君が自由人として生きることよりも？　シーザーは私を愛してくれた、それを思うと私は泣かざるをえない。彼はしあわせであった、それを思うと私は喜ばざるをえない。彼は勇敢であった、それを思うと私は尊敬せざるをえない。だが彼は野心を抱いた、それを思うと私は刺さざるをえなかった。彼の愛には涙を、彼の幸福には喜びを、彼の勇気には敬意を、そして彼の野心には死をもって報いるほかないのだ。

（三幕二場）

市民たちはブルータスの演説に共感し、歓呼する。しかし、ブルータスは自分の演説に酔い、過信したあまり、迂闊にもアントニーに演壇を明け渡して引き上げてしまったのだ。そのあと、シーザーの若き後継者であったアントニーがシーザーの遺体の傍らで追悼演説を行う。

わが友人、ローマ市民、同胞諸君、耳を貸してくれ。
私がきたのはシーザーを葬るためだ、称えるためではなく。
人間のなす悪事はその死後もなお生きのびるものであり、
善行はしばしばその骨とともに埋葬されるものである。
シーザーもそうあらしめよう。高潔なブルータスは
諸君に語った、シーザーが野心を抱いていたと。
そうであれば、それは嘆かわしい罪にほかならず、
嘆かわしくもシーザーはその報いを受けたのだ。
ここに私は、ブルータス、その他の許しをえて――
と言うのも、ブルータスは公明正大な人物であり、
その他の諸君も公明正大の士であればこそだが――

こうしてシーザー追悼の辞をのべることになった。
シーザーは私にとって誠実公正な友人であった。
だがブルータスは彼が野心を抱いていたと言う、
そしてそのブルータスは公明正大な人物だ。
シーザーは多くの捕虜をローマに連れ帰った、
その身代金はことごとく国庫に収められた、
このようなシーザーに野心の影が見えただろうか？
貧しいものが飢えに泣くときシーザーも涙を流した、
野心とはもっと冷酷なものでできているはずだ、
だがブルータスは彼が野心を抱いていたと言う、
そしてそのブルータスは公明正大な人物だ。
諸君はみな、ルペルクスの祭日に目撃したろう、
私はシーザーに三たび王冠を献げた、それを
シーザーは三たび拒絶した。これが野心か？
だがブルータスは彼が野心を抱いていたと言う、

そして、もちろん、ブルータスは公明正大な人物だ。
私はブルータスのことばを否定すべく言うのではない、
ただ私が知っていることを言うべくここにいるのだ。
諸君もかつては彼を愛した、それも理由あってのことだ、
とすれば、いま彼の哀悼をためらうどんな理由がある？
ああ、分別よ！　おまえは野獣の胸に逃げ去ったか、
人間が理性を失ったとは。いや、許してくれ、
私の心はシーザーとともにその柩のなかにある、
それがもどってくるまで、先を続けられないのだ。

（三幕二場）

アントニーは市民に対して、ブルータスたち暗殺者を攻撃するわけではないが、シーザーの業績を歯切れよく並べ、一方で「ブルータスは公明正大な人物だ」と、わざとらしい称賛を執拗に繰り返すことで、反シーザーに燃える市民に迎合する姿勢をみせながら、彼らを安心させつつ、シーザーが飢える者とともに泣き、王になることを三度も拒んだ、などと事実をたたみかけるように話す。

すると「いま聞いたろう？　シーザーは王冠を拒絶したんだ、だからたしかだよ、野心なんかなかったことは」と、市民の熱情はじりじりとアントニーへ傾いていくのだった。そして、アントニーは間髪を入れずに遺言状のことをいわくありげに、小出しにするのである。シーザーの遺言状をみつけたが読む気はない、しかし、もし内容を知ったら、諸君はハンカチをひたすだろう、と。「遺言状を聞きたい。読んでくれ、アントニー」との市民の要望に、アントニーはもったいぶり、じらし、またじらす。そして、とうとう市民の心をわしづかみにしてしまうのである。

市民一同　遺言状だ、遺言状だ！　シーザーの遺言を聞かせろ。
アントニー　許してくれ、友人諸君、読んではならないのだ。
シーザーがどんなに諸君を愛したか、諸君はそれを
知らないほうがいい。諸君は木石ならぬ、人間だ、
人間である以上、シーザーの遺言を聞けば、
諸君は激昂するだろう、狂気のようになるだろう。
諸君が彼の遺産相続人であることなど、諸君は

知らないほうがいい、知れば、ああ、どうなる？

市民一同　遺言状を読んでくれ、聞きたいのだ、アントニー。

読んでくれ、遺言状を、シーザーの遺言状を。

アントニー　許してはくれないのか？　まあ待ってくれ。

この話をしてしまったのは私の行きすぎだった。

私が恐れるのは、シーザーを刺した公明正大な人物を

誇ることになりはしないかだ、それを恐れるのだ。

市民4　やつらは謀反人だ！　公明正大なんかであるもんか！

（三幕二場）

ほんのすこし前には、ブルータス万歳を絶叫していた市民たちは反ブルータスとなり、掌を返すように「ああ、気高いシーザー」、「ブルータスの家を焼きうちにしろ」との叫びに変わり、暴徒化していくのである。アントニーは市民たちが思惑通り暴徒化していくのを見て、ほくそ笑みながらこう言う。

あとはなりゆきまかせだ。わざわいのやつ、

動きはじめたな、好きなところに行くがいい！　　　　（三幕二場）

アントニーは、遺言状をもちだし「諸君が彼の遺産相続人であることなど、諸君は知らないほうがいい」などと言って、その情報を市民たちに知らせることをじらす。そのことで、市民たちの内面には、葛藤や分裂が生じ、それを修復させようとするから、ますます知りたくなる。シーザーが財産を残し、どうも自分たちは遺産相続人らしい、いったいどれほどの遺産なのか、ああ、知りたい、知りたい、とその思いはつのるばかりだ。その欲求が頂点に達したときに、アントニーは、遺言状には「すべてのローマ市民にたいし、それぞれ七十五ドラクマずつ贈る」と言い立てる。

「ああ、気高いシーザー！　彼の死に復讐しよう」、「ああ、なんてりっぱなシーザー」と市民たちの心にゆっくりと注いだアントニーの毒がまわりだすのだった。市民を利用し、その力を梃子に、権力を掌握しようとするアントニーの邪心をみることができる。

こうしてアントニーの雄弁な演説によって反徒と化したブルータスは、言葉ばかりか、政治的敗北に見舞われることとなり、自死して果てる。そして、ローマとローマの人々の自由回復は夢と消え、その命運はジュリアス・シーザーの野心に勝るとも劣らぬ二人の男たち、アントニーとオクテイヴィアスの手に委ねられることになる。

巧妙なレトリックに扇動された群衆は果たして愚かなのか？

『ジュリアス・シーザー』に登場する市民たちの評価について、多くの批評家が「シェイクスピアの大衆への深刻な懐疑が示されている」、「市民の愚かな一面」といった否定的、消極的な見方をしている。市民に対するこうした評価はどうも落ち着きが悪い。自分たち自身を貶めることに疑問が残るのだ。それらは一面的で、現象面でしか判断していないように思えてならないからだ。シェイクスピア作品というのは、「読者・観客の関心のもちかたによって、さまざまな音色をひびかせもする」（小田島雄志）ものなので、違った見方も許されるものと思う。

一人ひとりの市民が、暴徒化するさまを鳥瞰すると、あっちへつきこっちへつきと滑稽にさえ見えることもあるが、しかし、いったん平地に立ち、市民たち一人ひとりの状況を個別的に想像するならば、そこには権力者のどす黒い企みによって踊らされている姿を見逃してはならないだろう。

シーザー暗殺の首謀者キャシアスと、それを受けるブルータスの言葉、それ自体にはひとつの真実が込められてはいるが――

キャシアス　……どうだ、ブルータス、きみは自分の顔が見えるか？
ブルータス　いいや、キャシアス、目はおのれを見ることはできぬ、なにかほかのものに映してはじめて見えるのだ。
キャシアス　だからみんな悲しんでいるのだぞ、ブルータス、そのような鏡をもっていないために、きみの目はそのかくされた値打ちを、きみのほんとうの姿を、映し見ることができないのだと言ってな。……
ブルータス　どのような危険におれを引きずりこもうというのだ、……
キャシアス　……それならおれがきみの鏡になろう、そしてきみ自身まだ知らないきみの姿を、あるがままに見せてやろう……

（一幕二場）

たしかに人間は、鏡をもって生まれてくるわけでもないし、私は私である、といったところで何の意味もなさない。だれもが、まず他の人間に自分自身を映して、それらとの関連を通してはじめて人間としての自分自身を認識するのだろう。

だが、問題はキャシアスがブルータスに与えた鏡は「虚像」である。「虚像」の鏡によってブルータスは「諸君はシーザー一人生きてすべての諸君が奴隷として死んでいくことを望むだろうか、シーザー一人死んですべての諸君が自由人として生きることよりも?」と市民に訴えるが、シーザーの死が自由をもたらすという根拠は何もない。群衆を惑わす詭弁を弄して、シーザー殺害を正当化しようとする、欺瞞そのものである。相手には自分に都合のいい鏡を提供し、内に野望を秘めた鏡を隠し通すのだが、それはアントニーも同じことだ。「あとはなりゆきまかせだ。わざわいのやつ、動きはじめたな、好きなところに行くがいい!」とは、市民たちに虚像の鏡を与えて、市民を騙し、扇動することが目的だったのだ。アントニーが「ブルータスは公明正大な人物だ」と何度も繰り返すことによって、ブルータスの性格が本当に公明で正大なのか判別できなくなる罠が仕掛けられている。

登場人物たちが自分の目では見ることのできない己の真の姿を模索するが、様々な鏡によって彼らは内面的葛藤の深みに入り込んでしまった。そしてまた、ブルータスたちは権力を誇示する暴君として振る舞い、市民が読み間違える方向へ導くことばかりに鏡を用いるのだった。虚像の鏡を粉々に割るには、彼らのねらいを見抜き、その防御法を身につけなければならない。アメリカの著名なシェイクスピア学者であるスティーブン・グリーンブラットは次のように述べている。

シェイクスピアは、権力を握ろうとする暴君の政略を描く際に、エリザベス朝の貴族階級が大衆を強烈に軽蔑していたこと、そして、民主主義政治が十分考え得る政治体制であったがゆえに、貴族は民主主義を毛嫌いしていたことを注意深く記している。ポピュリズムは、持たざる者の味方をするように見えるが、実は巧みに民意を利用するものでしかない。無節操なポピュリズムの指導者は、貧民の暮らしをよくしようなどと思ってやしない。生まれたときから巨大な富に囲まれて育った人間は、贅沢な暮らしに慣れ、下層階級の人たちのことなどこれっぽっちも思ってやしないのだ。実のところ、庶民を軽蔑し、その息の臭さを嫌い、病気持ちではないかと恐れ、気まぐれで愚かで価値のない、どうでもいい連中だとみなしている。しかし、人々を利用すれば自らの野望を達成できると、暴君にはわかっているのだ。

（『暴君』、44ページ）

ブルータスの妻・ポーシャの嘆き

キャシアスの一団がブルータスの家を訪れ、暗殺の計画が練られた後、ブルータスの異変に気づいた妻・ポーシャは、「お願い、どうか悩みのわけをうちあけて」と求めるが、ブルータスは「からだのぐあいがよくない、それだけだ」と本心を語ることを拒む。これに対してポーシャはなおも訴える。

……結婚の約束のなかに、
あなたに関する秘密を妻の私が知ってはならぬ
そんな条項がありまして？　私があなたと一体なのは、
いわば条件つきであって、ただ食事をともにし、
閨《ねや》のお伽《とぎ》をし、ときには話し相手になるという、

それだけのことなのですか？　私はあなたの愛の
本宅にではなく、街はずれに住んでいるのですか？
であればポーシャはブルータスの娼婦です。妻ではなく。
（二幕一場）

ブルータスは「おまえこそおれのまことの妻だ」、「大切なおれのいのちだ」と言うものの、ポーシャはなおも執拗に食い下がる。

そのおことばがまことなら、あなたの秘密を
私に教えてくださっていいはずです。たしかに私は
女です、でもブルータスが妻に選んだ女です。
たしかに私は女です、でもケートーの娘として
恥ずかしくないだけの評判をえている女です。
このような父をもち、このような夫をもつ私を、
世間並みの弱い女としかお思いにならないのですか？
私はうちあけられた秘密を漏らす女ではありません。
（二幕一場）

私の心の固さは前にはっきり証拠をお見せしたはず、
そう、この手でここに、この太腿に、傷を負わせて。
その痛みにじっと耐えた私が、夫の秘密をじっと
守りとおせないとでもお思いですか？

（二幕一場）

果たしてポーシャは、女ゆえに男たちの世界から疎外され、歴史の波に飲み込まれてしまう。しかし、ローマの歴史を動かす男たちの中で必死に生きようとした女性でもある。彼女は男と女、夫と妻との対等な関係を求め、みずからの太腿に短剣を突き刺し、秘密を守ることができると鉄の意志を示す。シーザーが暗殺された以後、ポーシャは舞台に登場することはないが、後半で火を飲んで自害したことがブルータスによって知らされる。その死は、ブルータスが謀叛人扱いされ、アントニーに追われていることに耐え切れず、ブルータスとともに行動できなかったことへの苦闘から生じた自己表現であったのかも知れない。シェイクスピアは、伝統や因襲に抵抗する一人の女性の内面を鮮やかに描くことで、単なる歴史の構図から血肉のある人間たちの悲劇、男も女もいる

人間劇として示したのである。そこにはシェイクスピアのルネサンス期の女性たちへの賛歌があるように思う。

『ジュリアス・シーザー』――ロンドンでの初演は一五九九年。関ケ原合戦の前年である。

【参考文献】

・安西徹雄「解題」（シェイクスピア『ジュリアス・シーザー』所収、安西徹雄訳、光文社）

・スティーブン・グリーンブラット『暴君』、河合祥一郎訳（岩波新書）

2

『マクベス』*Macbeth*

人生は歩きまわる影法師

推定執筆年一六〇六年、初版一六二三年

ストーリー

スコットランドの猛将マクベスとバンクォーは、勝利の戦いから帰還する途中、荒野で三人の魔女たちの出迎えを受ける。彼女たちは、マクベスはコーダーの領主となり、やがてスコットランド王となり、バンクォーは王にはならないが、子孫が王位に就くと予言して消える。その後すぐに、マクベスのもとに「コーダーの領主」に任ぜられたとの知らせが届く。マクベスは魔女の予言を

三人の魔女（ヘンリー・フューズリ画）

信じ、野心を抱く。折しも、スコットランド王ダンカンがマクベスの居城に来訪し、泊まるという。マクベス夫人は、王を殺す覚悟を固め、マクベスに王殺しを唆す。

王の一行を迎えたマクベスは王殺しに逡巡するが、夫人の強い説得で心を決め、その夜、眠っている王を殺害する。夫人はマクベスが殺人に使った短剣を持ったまま戻ったことに気づき、マクベスに王の寝所に置いてくるように言うが、彼は殺人の現場に戻ることを嫌がる。夫人はマクベスを罵り、自分で短剣をもどしに行って手を血に染めて戻ってくる。手抜かりなく後始末をする夫人とは対照的に、マクベスはダンカン王を殺したことを後悔し、「もう眠りはない、マクベスは眠りを殺した」と激しく狼狽する。

朝になり、貴族マクダフとレノックスが王を迎えにやってくる。そこで、王の死体を発見し「おお、なんと恐ろしい！　この恐ろしいできごと、思いもよらぬ、口にも出せぬ」と声をあげる。マクベスは護衛二人を殺し、彼らに罪をきせるが、バンクォーとマクダフはマクベスに疑念を抱く。ダンカンの王子マルカムとドナルベーンは身の危険を感じて亡命する。マクベスは、二人が亡命したことを利用し、王子たちに暗殺の嫌疑がかかるように仕向け、スコットランド王となる。

マクベスは、その地位を長く、確かなものとするために、暗殺者を放ちバンクォーを殺す。しかし、息子フリーアンスには逃げられてしまう。その後、晩餐会が開かれ、そこにバンクォーの亡霊が現れ、マクベスは怯えて錯乱状態をさらしてしまう。マクベス夫人はその場を取りつくろうとするが、列席者のあいだから不信の念が生まれる。

不安を抱いたマクベスは、再び三人の魔女たちに未来をうらなってもらう。魔女たちは、「女が生んだものなどにマクベスを倒す力はない」、そして、「マクベスはけっして滅びはせぬ、かのバーナムの森の樹がダンシネーンの丘に立つ彼に向かってくるまでは」と予言する。

マクダフが危険を察知してイングランドへ逃げたあと、彼の居城を襲ったマクベスの手先は、夫人と幼子を殺す。王子マルカムのいるイングランドに渡ったマクダフは、スコットランドに平和をとりもどすために、マルカムに挙兵するよう懇願する。人間不信に陥っている王子は、マクダフの言葉を信じることができないでいたが、マクダフの誠意がわかると挙兵に応じる。マクダフの妻子暗殺の報がとどき、マクダフは悲しみのなか、復讐心を燃やすのだった。

一方、マクベス夫人は罪の重さに耐えかね、夢遊病にかかり、「まだ血の臭いがする。アラビアじゅうの香料をふりかけてもこの小さな手のいやな臭いは消えはしまい」と、手を洗うしぐさを繰り返す。魔女たちの予言を信じたマクベスは、ダンシネーンの城でマルカムたちを迎え撃つと決める。ところがバーナムの森が動きだしたのだ。マルカム軍が木の枝で身を隠し、進軍してきたのだった。夫人が死んだと知らされたマクベスは悲嘆にくれ、「明日、また明日、また明日と、……」と語る。そして最後の一戦に臨む。だが、マクダフから自分は「母の腹を裂いて出てきた」と聞かされ、マクベスは力尽きて殺される。マルカムが王位に就き、スコットランドに平和がよみがえる。

王殺人の首謀者はマクベス夫人

一六〇三年にエリザベス女王が亡くなり、ジェイムズ一世の治政となるとカトリック教徒に対する弾圧は強化される傾向にあった。一六〇五年十一月五日、ジェイムズ一世が国会の開院式に登院する

「マクベス」公演リーフ
（シェイクスピア・グローブ座）

機会をとらえ、議員もろとも国王を爆死させようとして、反徒の一人ガイ・フォークスが地下室に入ろうとするところを逮捕され、一味は検挙された。この事件は「火薬陰謀事件」(Gunpowder Plot)と呼ばれている。シェイクスピアは、神のためと称して反逆を企てたその一員、イエズス会の神父ヘンリー・ガーネットが裁判で戦術として用いた「二枚舌」を『マクベス』のなかの門番の口を借りて、次のように罵倒している。

……ふーむ。両天秤かけてあっちにもこっちにも誓いを立てる二枚舌だな、神様のためと称して国王を裏切ったのはいいが、その二枚舌を駆使しても天国には入れてもらえなかったか。……

(二幕三場)

この記述を根拠に『マクベス』の創作年は一六〇六年と推測されている。しかし、門番の台詞は、一六〇六年にデンマーク王が訪英した際の上演台本に挿入されたものと考える識者もいる。したがって、作品そのものはそれ以前に創作されていたというのである。いずれにしても、この事件は未遂に終わったとはいえ、その残忍さはロンドン市民を恐怖に陥れ、人々が落ち着きをとりもどすまでには数か月を要したといわれる。

『マクベス』の創作年の根拠とされた「二枚舌」だが、この「二枚舌」はそれだけではなく、『マクベス』の重く、暗い世界を貫くものとなっている。『マクベス』の冒頭、三人の魔女たちは口をそろえて言う。

いいは悪いで悪いはいい、
濁った霧空とんでいこう。
（一幕一場）

「いいは悪いで悪いはいい」――いったい、いいのかそれとも悪いのか判然としない言葉だ。ある一面から見たらいいが、違う面からみたら悪い、物事の見方として重視されるべき複眼的見方は、ここでは魔女の二枚舌として現れ、マクベス自滅への道となるのだった。それでは、その二枚舌とはどのようなものなのだろうか？

一つは、マクベス夫人が優柔不断なマクベスを奮い立たせ、ダンカン王暗殺を実行させたことである。マクベスはスコットランド王の血縁であり、優れた武将でもある。彼は朋友の将バンクォーとともに戦場から帰るところ、雷鳴がとどろき稲妻の走る中で、三人の魔女たちに「万歳、マクベス、将来の国王！」と告げられる。そして、その王位はバンクォーの子孫が受け継ぐことを予言して姿を消す。マクベスが王宮に到着すると、ダンカン王は手厚く彼をもてなす。一方、城中にいるマクベス夫人は夫からの手紙で魔女の予言のことを知る。夫の心情を野心へと奮い立たせようと考えているところに、使者が、今夜、ダンカン王が来訪することを告げる。マクベスは、自分の中に目覚めた謀叛の幻想に心を動かされるものの、忠誠を誓った主君を家に迎えておきながら襲うという考えに恐れを抱く。主君は自分の忠勤にたっぷり褒美をくれたし、模範的な誠実さをもってその権威を行使しているのだから。マクベスは考える。

ダンカンは生まれながらにして温厚篤実、国王として非のうちどころがない。そのいのちを奪えば、彼の美徳はトランペットの舌をもつ天使のように高らかに大逆の罪を天下に訴えよう。そして憐れみが生まれたばかりの裸の赤子の姿を借りてトランペットの疾風にうちまたがり、あるいは天童の姿となって目に見えぬ大気の天馬にうち乗り、

その恐ろしい所業を万人の目に吹きつけよう、
涙の雨が溜息の風を溺らせるまで。
（一幕七場）

王位への誘惑に引きずられ、王を殺すと考えただけで、マクベスは身の毛もよだち、おののき、心臓が激しくろっ骨を打つほどだ。人殺しはまだ心に描く想像にすぎないのに、現実が逆転し、現実に存在しないものしか存在しないように思われてしまうのだ。暗殺の決意は固まったかと思うと、すぐに不安に襲われ、決意が揺れる。不安が消えてはまた決意する。ダンカンが眠りに就く夜を迎えるまで、あと数時間、思い悩む弱気なマクベスに夫人の鞭は容赦なく打ちつけられる。夫人はマクベスに国王暗殺を迫り、もう後戻りはできないと残忍冷酷なことばを吐く。

……私は赤ん坊を育てたことがあります、
自分の乳房を吸う赤ん坊がどんなにかわいいか
知っています。でも私はほほえみかける赤ん坊の
やわらかい歯茎から私の乳首をもぎ離し、その脳味噌を

たたきだしてみせましょう、さっきのあなたのように
いったんやると誓ったならば。

（一幕七場）

マクベス夫人にとって事は既に決しており、振り向くことなどない。それでもマクベスは「もしやりそこなったら？」と逡巡する。彼女の鞭はうなる。

やりそこなう！　勇気をふりしぼるのです、
そうすればやりそこなうものですか。ダンカンは
昼の旅の疲れに誘われてぐっすり寝込むでしょう。
二人のお付きのものは私がうんと酒を飲ませて
酔いつぶしてやります、脳髄の番人である
記憶がもうろうとした煙になって蒸発し、
その容器である理性が蒸留器のようにすっかり
からになるまで。そうして豚のように眠り込み、
酒びたしで正体不明になってしまえば、護衛のない

ダンカンにたいし、あなたと私でできないことが
ありますか？　そのべろべろのお付きのものに
私たちの大逆の罪をなすりつければ、それで
片がつくではありませんか？

（一幕七場）

夫人の鞭が功を奏して、マクベスは魔女が予言する運命の舞台に踊り出る。マクベス夫人こそ、ダンカン王殺しの首謀者、その夫人の意のままにマクベスは決意を固める。

よし、心は決まった、あとは
からだじゅうの力をふりしぼって事にあたるのみだ。
さあ、奥へ。晴れやかな顔つきでみんなを欺くのだ、
偽りの心をかくすのは偽りの顔しかないのだ。

（一幕七場）

マクベス夫妻の歓待に満足したダンカン王は眠りに就く。夫人が二人の護衛を酔いつぶすあいだ、中庭で待つマクベスは宙に浮かぶ短剣をつかもうとするがつかめない。幻

の短剣だ。彼は自分が生きているのか、死んでいるのかも分からぬ境地で短剣に誘われるまま王の寝所に向かう。マクベスは目的を果たし、王の寝所から出ると夫人に迎えられるが、犯した罪の重さからかこういう。

叫び声が聞こえたようだった、「もう眠りはない、
マクベスは眠りを殺した」――あの無心の眠り、
心労のもつれた生糸をときほぐしてくれる眠り、
その日その日の生の終焉、つらい労働のあとの水浴《ゆあみ》、
傷ついた心の霊薬、大自然が用意した最大のごちそう、
人生の饗宴における最高の滋養――

（二幕二場）

ここでも夫人は冷徹だ。マクベスがうっかり持ち帰ってしまった血まみれの短剣をとりあげ、仕事を仕上げるために、ダンカンの寝所に入っていった。泥酔して眠っている護衛に血を塗りつけ、彼らの仕業であるかのように見せかける。おののくマクベスは血みどろの両手を見て、いっそう打ち震える。

なんという手だ、ああ、おれの目をえぐり出す気か。
大ネプチューンの支配する大洋の水すべてを傾ければ、
この手から血を洗い落とせるか？　いや、この手がむしろ
見わたすかぎり波また波の大海原を朱《あけ》に染め、
緑を真紅に一変させるだろう。

（二幕二場）

その時、城門をたたく音が聞こえてきた。二人はあやしまれぬように部屋にもどる。まだ酒の抜けきらない門番がひとりでくだを巻いたあと、ようやく城門を開けると、そこにいるのは二人の貴族、マクダフとレノックスであった。マクダフは王を起こしに寝所に向かうが、「おお、なんと恐ろしい！　この恐ろしいできごと、思いもよらぬ、口にも出せぬ」、マクダフによって王殺害の報がもたらされるやいなや、城内は騒然となる。マクベスは手はず通りに護衛の二人を斬殺し、「憤激のあまり二人を殺してしまった」と嘘をつく。王の隣の部屋で寝ていたダンカン王の二人の息子マルカムとドナルベーンは、身の危険を感じ、イングランドとアイルランドに逃れる。マクベスは王子たちが護

衛を唆して父王を殺させたと吹聴し、ついに王位に就くことになる。しかし、マクベスの王位安泰を脅かす者がいた。バンクォー親子だ。彼らがいなければ安らぎを見出す日が訪れる。

バンクォーには、何が起こっているのかわかっている。口外するわけではないが、魔女の予言にめらめらと希望の火を燃やしはじめる。

ついに手に入れたな、国王、コーダー、グラームズ、
魔女どもの予言したすべてを。そしてそのために
だいぶ手を汚したのではないか。だがそれは
おまえの子孫には伝わらず、このおれが
代々の国王の根となり父となるという話だったぞ。
もしやつらのことばがあたるものなら――おまえには、
マクベス、さいわいにしてみごとにあたったが――
そうだとすれば、おまえにははたされたのだから、
おれにたいする予言も実現されるかもしれぬ、

その望みがなくはない。シーッ、もう口に出すな。

（三幕一場）

かつての友は、心のなかでお互いに存在を否定しあう、偽りの友人関係へと転落するのである。そして、その転落の果実はたちまちに腐り果てる。マクベスは、王宮での晩餐会にバンクォー親子を招待し、駆け付ける途上の二人を暗殺するよう刺客に命じたのだった。バンクォーの暗殺はうまくいったが息子フリーアンスには逃げられてしまう。

王宮では饗宴が開かれ、マクベスが参列者に「これでわが国の高位高官が一堂に会したことになる。高邁なバンクォー一人欠けておるが……」と挨拶をはじめると、他の人々には見えない血まみれのバンクォーの亡霊がマクベスの席に座った。亡霊に怯えるマクベスを一同は訝しく思うのだった。すべてを察したマクベス夫人がその場をうまくとりつくろうとするものの、一度は消えた亡霊が再び現れ、「失せろ！　姿を見せるな！　大地にもどれ！」とのマクベスの狂乱の叫びで饗宴はぶちこわしになる。

折しも、人々のあいだには事の真相がそれとなく伝わり、貴族マクダフが饗宴に出席しなかったのは、王子マルカムにマクベス討伐の軍を起こすことを促すために、イングランドに向かうらしい、との噂も流れていた。マクダフがイングランドへ行ったことがマクベスの耳に入ると、彼はその報復として、マクダフ夫人と幼い息子を殺してしまう。
一方マクダフは、マルカムに祖国スコットランドを救うため挙兵することを訴えるが、マクベスの裏切りによってマルカムは人が信じられなく、言を左右にする。長いやりとりの後、マルカムはマクダフの忠誠心を読み取り、互いに協力してマクベスを倒すことを誓い合う。そこへロスの領主が登場し、マクダフの妻子が惨殺されたことを告げる。マルカムは号泣するマクダフにこう言う。

……さあ、あかるい顔をするのだ、
どんな長い夜もいつかはきっと明けるのだ。
（四幕三場）

魔女が操る三つの予言

ダンカンを殺し、王位を簒奪してからも不安に怯えるマクベスに力を与えたのは、魔女の三つの予言であった。
その一「マクベス、気をつけるのはマクダフだ、言いたいことはそれだけだ」

その二「たかが人間の力など笑い飛ばすがいい、女が生んだものなどにマクベスを倒す力はない」

その三「マクベスはけっして滅びはせぬ、かのバーナムの森の樹がダンシネーンの丘に立つ彼に向かってくるまでは」

マクベスにとって魔女の予言は、すべて我が身の安泰につながるものであった。森が動くということは天変地異に限られ、女から生まれない者はいない。こうなると、この二つの予言はマクベスにとって、未来永劫、いかなる者からも王位は奪われることがないことを意味する。だからこそ、以前魔女たちが語った予言――バンクォーの子孫がやがてはスコットランドを支配する――は今でもそうなのかと、マクベスは魔女に問うのであった。すると、八人の王の幻影が現われ、その傍らには血まみれのバンクォーがこの王たちを誇らしげに見せびらかすのだった。マクベスが呪い声をあげると、魔女たちは消えた。

ダンシネーンでは、夢遊病を患うマクベスに夫人が自殺し、バーナムの森が動き出した、との報が入る。マクベスが決して疑うことのなかった予言が打ち破られ、葉の繁った森が進軍しているのであった。まるでバーナムの森が動いているように。マルカムの軍勢が敵に兵の数を知られないように、木の枝をかざしていたのであった。ついにマクベスは絶望的な決戦に出陣する。復讐の念に燃えるマクダフは、「月たらずのまま母の腹を裂いて出てきた」と言う。マクベスは最後の予言も霧散するなかでついに討たれるのであった。若い王子マルカムが新しくスコットランド王となり、彼は「この死んだ人殺しと鬼のようなその妃」の時代の終焉を宣言する。

明日、また明日、また明日と、——Tomorrow Speechをどのように解釈するか

マルカム軍はマクベスの立てこもるダンシネーンの城に向かって攻め寄せ、スコットランドの貴族たちも続々彼らに寝返っている。だがマクベスは嘲笑している。女が生んだものに自分を倒す力はなく、バーナムの森がダンシネーンに向かって動いてくるまでは破滅はしないと信じ、マルカム軍を待ちうけている。城内では女性たちの泣き騒ぐ声がおこり、夫人の死が知らされる。

マクベスのここでの独白は、シェイクスピア全篇の中で最も美しい詩といわれている。「あれはいつかは死なねばならなかった、このような知らせを一度は聞くだろうと思っ

ていた」と言って、「明日、また明日、また明日と、時は……」とつづくことから、この場面は「トゥモロー・スピーチ」（Tomorrow Speech）と呼ばれる。

明日、また明日、また明日と、時は
小きざみな足どりで一日一日を歩み、
ついには歴史の最後の一瞬にたどりつく、
昨日という日はすべて愚かな人間が塵と化す
死への道を照らしてきた。消えろ、消えろ、
つかの間の燈火《ともしび》！　人生は歩きまわる影法師、
あわれな役者だ、舞台の上でおおげさにみえをきっても
出場が終われば消えてしまう。白痴のしゃべる
物語だ、わめき立てる響きと怒りはすさまじいが、
意味はなに一つありはしない
（五幕五場）

マクベスは、悪事を重ねた人生を振り返り、もはやこの世に重大なものはなにひとつ

なく、一日一日がつづくものの、意味のない時の連続に過ぎないと語る。迫りくる落城を目の前に妻の死の知らせを聞きながらマクベスが口にするのは、ただ「あれはいつかは死なねばならなかった」という虚無的な言葉だけだ。マクベスにとって、「明日、また明日、また明日と……」とは、死に向かう旅にしかすぎない。まさしく、絶望した者が語るにふさわしい言葉だ。マクベスは、王を殺し、罪なき人々の流血を重ねたことで深い虚無感におそわれる。しかし、この虚無感は人間存在論の無意味さとは異なるものだ。暴君マクベスは自らの地位を維持、強化するためには、「いっそこの世界が崩れ、天も地も滅び去」ってもかまわないと考えている。罪を犯して得た権力は、さらなる罪で権力を維持しなければならない運命にある。そのマクベスが「愚かな人間が塵と化す」ほどの虚無感を抱くまで人生を深く認識したということは、人生にはもう一方の道が在ることも同時に認識したと言外に読みとることができる。

虚無感にみちながらも、なんと余韻がある言葉だ。その音の響きには、天上の音楽のような調べがみなぎっている。

私たちが住む現実の人生とマクベスの語る人生とは、そんなに大きく変わるものだろうか。人生が歩きまわる影でありうるのか？　影そのものが歩きまわるはずはない。歩きまわるのは人間であって、人間が光に照らされて歩く時、その影が映る、という極めて限定された世界にだけ生じる現象である。しかし、人間そのものが、ある種の影である、自分の影が真の自己（人間）と見ることもできなくはない。

このことを考える上で、エリザベス朝でよく知られていた中世ヨーロッパの宇宙像における「世界劇場（theatrum mundi：テアトルム・ムンディ）」という思想が示唆を与えてくれる。「世界劇場」とは、世界を舞台に人間を役者になぞらえ、人生を演劇と重ね合わせて表現するものである。つまり、人間は役者、この世は舞台、人生は演劇となる。それを見る観客は、神々であり、他者であり、時には自分自身にもなる。役者は見つめられる者として観客の視線を意識しつつ、他者と比較することで、自らの置かれている位置や果たしている役割を客観的に捉えようとする。このように他者と自己とを捉えることは、演技をする上で、欠かすことのできないものである。同時に演劇は観客の前で役者が肉体的にも精神的にも、現実世界とは切り離され、意識的で自発的な想像力を働かせることで、第三者になることとの行為でもある。

シェイクスピアが活躍した十六世紀末にもなると自由主義思想が氾濫し、それまでの神を頂点とした「秩序」ある世界観は次第に揺らぎはじめる。いわゆる近代の個人主義的人間観が中世的な世界観を〝侵食〟しつつあるなかで、人々は狼狽と不安とにさいなまれ、それに代わるべき何か新しい秩序を求めて逡巡するようになる。このような中世と近代の過渡期にあって、「歩きまわる影法師」とは、自分の意志にしたがってどんな役も演じることができるという積極的な人生観をも含んでいる。

たしかに、人の一生はひとつの舞台であって、それ自体が役者が演じる芝居であるともいえよう。人の一生は、「波乱万丈」、「人間万事塞翁が馬」ともいわれるように、生《しょう》生《じょう》流転《るてん》の人生はまるで芝居である、とたとえることもできる。しかし、芝居とか、舞台とはいっても本物の役者とは違って、人は自分が〝一生という舞台〟を役者のように演じているのだとは思ってもいない。誰に向かって演じているということも考えていないから、どこかに目に見えない観客がいて、自分の演技が見られているなどとは思ってもいないのである。シェイクスピアは、だれもが感じているこの盲点を『マクベス』を通して解き明かし、人生の意味と処し方を示唆しているように思う。

それは魔女に唆されて自分の本意ではない王冠を望み、そのためにダンカン王を殺す。野望に生きる妻と共同し夢を追い求めたものの、妻は「まだ血の臭いがする。アラビアじゅうの香料をふりかけてもこの小さな手のいやな臭いは消えはしまい」と夢遊病で苦しんだ末に自ら命を絶つ。

当時の人々は、一般に神や天使が天上の桟敷から地上の人間の営みを飽かず見守っていると考えた。つまり、観客とは、それは天上の神に違いない。時に人間の演じる悲劇に涙し、ときに人間の喜劇に思わず哄笑すると考えていたのである。この大自然を司る神の下で、演じるものは、ほんの一瞬の出来事にすぎないが、その一瞬を、観客である神が観ているということを逆説的に述べたかったのかも知れない。舞台で大きな役回りを演じたり、どんなに大見得を切ったとしても、所詮は無数のちっぽけな舞台、無数のちっぽけな役者たちのなかにあって、一人の役回りは、まるで地上を這いまわっている蟻のように小さいものだ。どんなに力を得ても、権力を握ったとしても、小さな舞台を動きまわるにすぎず、やがては必ず死に至る身なのだ。自分だけが世界全体を見渡すことができる、権力を振り回すことができるなどという傲慢さは捨てるべきだということの示唆なのかも知れない。

それでは、もう一方の「「つかの間の燈火《ともしび》！」」とは？

人生は短い。『旧約聖書』の「詩篇」では、人の一生のはかなさを「われらの年の尽きるのは、ひと息」（九〇・九）と表現している。永遠の神の前では、千年という長い時間でさえも、過ぎ去れば夜の間のひとときのように一瞬のことにすぎないという。日々の生活では忘れがちではあるがたしかにその通りであるとだれもが思う。しかし、人生の短さは、生きることの軽視を意味するものではない。むしろ、短い人生だからこそ、生きることの大切さを説くものだ。生きるとは何か？　何のために生きるのか、との問いに対して、「死ぬために生きるのよ」（瀬戸内寂聴）と断言されると、「だから一条の光や喜びを求めようとするのね」と応じたくなる。死は友人や知人、あるいは家族を通じて、自分自身の死の予感としておとずれる。客観的には人生の刻一刻は危機であり、いつ、どこで何が起きるか予測できない。その点では、悲劇的感覚を帯びたものであるが、半面、それは次の瞬間に予測できないほどの希望や感動をもたらすという楽観的感覚もあわせもつものである。

私たちは、時を意識せずに生活することはできない。その時は、一日、一日と過ぎ去り、今日は明日に変わり、明日はまた明後日へと流れていくことを知っている。時は無限に明日という未来にむかって流れ、その歩みを決して止めることはない。その中で私たち人間は年を重ねることで変わりつづけることも、確実に死がおとずれることも、さらに、生の禍福は転々として予測できないことも知っている。マクベスと同じように、時が「一日一日を歩み、ついには歴史の最後の一瞬にたどりつく」と思えるのである。しかし、問題はここからである。

人間は必ず死ぬ。「かくのごとく時々刻々われわれは熟していく、しかしてまた時々刻々われわれは腐っていく」（『お気に召すまま』二幕七場）。どのようにもがこうが、神に祈ろうが、すべてが無駄なことである。それなのに、私たちは必ず明日は来る、いま流れている時間が自分と共にどこまでも続くと錯覚してしまっている。確実に到来するであろう死を意識しながらも、死を否定する生き方をしていないだろうか？　暴君マクベスは、このことを私たちに問うているのではないだろうか。

思えば長いこと生きてきたものだ、おれの人生は
黄ばんだ枯葉となって風に散るのを待っている。
それなのにどうだ、老年にはつきものの
栄誉、敬愛、服従、良き友人たちなどなに一つ
おれには期待できそうもない。そのかわりにあるのは、
高くはないが深い呪詛の声、口先だけの敬意、追従だ、

それをしりぞけたくともこの弱い心にそれはできぬ。

（五幕三場）

王位に就いてもマクベスは、なに一つとして満足できるものを受けとることはできない。裏切り、簒奪、無実の者の流血、これらの代償として受けとることができるのは、絶望と虚無感でしかない。絶望した彼の目には、もはや人生にはなにもないとしか見えない。けれどもシェイクスピアのなかにあるのは、これはもう一つの「無」、虚無とは逆の、パラドックスとしての「無」であったにちがいない。何もない、虚無という「無」を見つめることで、存在すべきものとしての「有」を得るという、シェイクスピアの弁証法的思考がここにはある。

「女が生んだもの」とは？

魔女が予言した「女が生んだものなどにマクベスを倒す力はない」ことと、マクダフがいう「月たらずのまま母の腹を裂いて出てきた」とは、どちらも「女が生んだ」のであり、同じことではないのか、決して女から生まれなかった、という証にはならないのではないか、との疑問である。

『マクベス』を読むたびに、この描写には説得力が欠けていると感じてきた。しかし、「母の腹を裂いて出てきた」というのは帝王切開を指し、その歴史を遡るとシェイクスピアの真意が理解できる。

紀元前七一五年の『ローマ法集成』のなかのヌマ・ポンピリウスの王が制定したヌマ法に、その記述が見られる――「懐妊中に死亡せる婦女はその妊婦より胎児が切開して取り出される以前には是を埋葬するのを王法は拒否し、此の法に反対せる者は妊婦の中に宿れる胎児を生かさんとする希望を放棄させるものとみなされる」。ここで言う「切開」は、いわゆる「帝王切開」ではない。単なる死体の切り開き、つまりこの王法の条文は、死んだ母親の胎内に宿る赤子を救出する法律で、赤子を見殺しにする殺人罪を禁じたものだ。

また、「古代エジプト、ユダヤでは妊婦が死亡したとき腹壁より胎児を娩出させ、埋葬する習慣がある」という解説もなされている。シェイクスピアが『マクベス』を書いた十七世紀初頭（扱われている史実は十一世紀）は、帝王切開は大手術で母親の生命を救うという目的は皆無であった。妊婦は確実に死に至る。つまり、この作品でマクダフが帝王切開によって生まれたという言葉には、「女の死」によって生まれたことを意味するのであった。生きていてこそ「人間」である。死んでしまえば「人間」ではなく「死体」である。したがって「女」ではない。これがシェイクスピアの人間の捉え方であった。

マクダフのように「母の腹を裂いて出てきた」赤子は、生きている女からではなく、死体から生まれた赤子となる。「帝王切開」には母親の腹に突き刺さる刃の、わずかな位置の差で赤子の生と死が決定されるという両義性がある。シェイクスピアは、この両義性によって魔女が予言した「女が生んだものなどにマクベスを倒す力はない」にひそむ二枚舌の内実を暴いたといえよう。

シェイクスピア作品の主たる人物に名のないのは「マクベス夫人」のみ

ダンカン王殺しに至るまでのマクベス夫人は、恐怖をものともせずに、意志を貫き通した。しかし、その後は罪の重さにさいなまれてか、精神に錯乱をきたし夢遊病に取り憑かれるにいたるのだった。ダンシネーンの城の中で医師や侍女に聞かれてはならぬことを口走るようになる。

消えておしまい、忌まわしいしみ！　消えろというのに！　――一つ。二つ。さあ、いよいよやるべき時刻――なんて地獄は暗いんだろう！――なんです、あなた、なんですか！　軍人だというのに、恐れたりして！　だれが知ろうと恐れることがありまして？　私たちの権力をとがめるものがありまして？　――それにしても思いもよらなかった、あの老人にあれほどの血があろうとは。

（五幕一場）

手を洗って、夜着をお召しなさい。そんな蒼ざめた顔をなさってはいけません――もう一度言いますが、バンクォーはもう土の下、墓から出てこられるはずはないでしょう。

（五幕一場）

マクベス夫人の言葉を傍らで聞く医師は「あなたは知ってはならぬことを知ったようだな」と侍女に言うと、侍女は「お妃様がおっしゃってはならぬことをおっしゃったのです。そのお心になることは神様だけがご存じです」と応じる。

ダンカン王を暗殺する前のマクベスと夫人は、王位簒奪の野望に燃え、マクベスと心を通わせようと努めながら前へつき進む。マクベスが弱音をはき、気力が萎えると夫人はしきりとマクベスの自分への愛情の濃淡を持ち出し、国王暗殺の決意を迫る。マクベスが優柔不断なのは自分への愛が十分でないからだと責める。そもそも王の暗殺と愛情とは全く関係ないのに、夫人はすべてに愛情という尺度で捉えようとする。彼女にとって夫は励ます対象であるが、逆に夫に励ましを求めたり、手助けを必要とすることはない。夫人にとって夫の野望達成＝王位簒奪がすべてであり、これを成した暁には、彼女の世界観は崩れ、矛盾と混乱に陥るのだった。結局、マクベス夫人はマクベスの愛情をダンカン王殺害の意志と行動という尺度で受け止めることしかできなかった。バンクォー暗殺以後、マクベスはマクベス夫人を頼らずに、自分の意志で行動できるようになる。そのために、夫人は共犯の「地位」からはずされ、自らの存在に不安定感を抱くことになった。そして、罪の意識にさいなまれ精神錯乱に陥るのであった。

　シェイクスピア全作品の主たる登場人物のなかで、名がないのは、「マクベス夫人」だけだ。彼女に名がないことは、夫マクベスと一心同体でしか生きられず、ダンカン王殺害を契機に自己喪失に陥り、狂気の内に果てた「マクベス夫人」の悲劇的な生涯を象徴しているように思う。

【参考文献】

・加藤行夫「帝王切開と「女」の死――『マクベス』の謎解き」（「『シェイクスピア　世紀を超えて138.141』所収」）

・小菅隼人「シェイクスピア時代の〈相対主義的想像力〉について：伝統的宇宙像と演劇的世界観の融合と相克」、（慶應義塾大学アート・センター Booklet vol.22）

・立川清編『医語語源大辞典』（国書刊行会）

3

『リア王』*King Lear*

リアを再生させた自然の力

推定執筆年一六〇五〜六年、初版一六〇八年

ストーリー

ブリテンの老王リアは、余生を静かに過ごそうと自分の治める国を三等分し、三人の娘たちに分け与えることにする。長女ゴネリルと次女リーガンは、甘言を並べ、豊かな領土を手に入れる。しかし、最愛の末娘コーディリアは、リアから父への愛情の程度を問われ、「なにもない」としか言えず、リアの怒りを買い勘当される。コーディリアはフランス王の求婚を受け入れて、妃となって宮廷を去る。王を諫めた忠臣ケント伯爵も追放されてしまう。

リアはゴネリルとリーガンの邸に交代で滞在すると宣言し、長女リーガンの屋敷に隠

居するが、リアのあまりにも横暴、我が儘な言動に愛想をつかされ、家来の数も減らされてしまう。二人に冷遇され、嵐の荒野を彷徨するはめになる。リアには変装したケントが従者として仕えていた。

一方、王の家臣グロスター伯爵には二人の息子がいる。次男エドマンドは私生児であることを恨み、家督を手に入れようと嫡子エドガーを陥れる。父親暗殺を企んでいるという捏造によってエドガーは追われ、乞食のトムに変装し、生き延びようとする。やがて、エドガーは荒野で狂乱のリアに会うことになる。

二人の娘の仕打ちに絶望したリアは、荒野に向かって歩いていく。王に同情したグロスターはリーガン夫妻によって屋敷を召し上げられ、さらに、ドーヴァーにリアを逃亡させたことをエドマンドに密告されたことで、リーガン夫妻から、両目を抉り取られる。

「リア王」（シェイクスピア・グローブ座）

そのとき、グロスターはエドガーが無実で、エドマンドに唆されていたことを知る。失明したグロスターも荒野に現れ、そうとは知らずに息子エドガーに会う。やがて、エドガーであるとわかり、その喜びのあまり絶命する。

コーディリアはフランス軍を率いてブリテンに上陸し、リアは愛娘コーディリアと再会を果たす。しかし、その後、コーディリアはゴネリルとリーガンが率いるブリテン軍に敗北し、父と共に投獄される。エドマンドの愛をめぐって、ゴネリルとリーガンは憎しみ合い、戦場でゴネリルはリーガンを毒殺した後、夫オールバニーに悪事を暴かれ自害してしまう。エドマンドも決闘によってエドガーに倒されるが、息絶える前に改心し、リア親子の暗殺命令を撤回する。しかし、時すでに遅く、監獄のコーディリアは刺客の手で落命し、亡骸を抱きかかえたリアは、再び発狂し息絶える。

末娘コーディリアの裏切りか、それとも暴君の我儘か

『リア王』は、黒澤明が映画「乱」で日本の戦国時代に置き換えたことでも知られる。映画では三人の娘が息子となっていて、毛利元就の三本の矢にたとえられるなど、原作

とは異なるが、壮大で、破滅的ながらも力強さが感じられるものだ。シェイクスピア作品の中で『リア王』の評価はすこぶる高い。

物語の舞台は古い英国である。

ブリテンの老王リアは、すでに年老いていて、三人の娘に自分の王国を分け与えようと考えている。リアの三人の娘のうち、長女のゴネリルはオールバニー公爵の妻になっており、次女のリーガンはコーンウォール公爵の妻となっている。

そして、末娘のコーディリアは、フランスの公爵とフランスの王の二人の男性から求婚を受けている。リアは富と権勢を誇る国王として、自分をいちばん愛する者に、いちばん多くの領土を与えようというのである。上の二人の娘は、時至れりとばかりに、未来永劫の献身を約束して、老父をよろこばせ領土を獲得する。しかし、リアが最も寵愛している末娘のコーディリアは、「おまえは姉たちよりもっとゆたかな三分の一を得るためにどう言うかな？」との問いに、うまく父への思いを語ることができずに、こう切り出す。

コーディリア　なにもない。

リア　なにもない！

コーディリア　なにも。

リア　なにもないところにはなにも出てきはせぬ、言いなおすがいい。

コーディリア　悲しいことに私は心の思いを口には出せないのです。私はお父様を愛しております、子の務めとして。それ以上でも以下でもありません。

リア　なんだと、コーディリア、ことばを改めぬと新たな財産を失うことになるぞ。

コーディリア　お父様は私を生み、育て、愛してくださいました。私はそのご恩に報いるのが当然と心得、お父様をうやまい、愛し、心から大切に思っております。お姉様たちは夫がありながら、なぜ愛のすべてをお父様に捧げると言われるのでしょう？　私がもし結婚すれば、私の誓いを受けてくださる夫が

私の愛と心づかいと務めのなかばをもっていかれるに
ちがいないと思います。私はお姉様たちのように
結婚してなお愛のすべてをお父様に捧げはしません。

リア　そのことば、本心から出たものか？

（一幕一場）

追従やへつらいのないコーディリアの返事に、リアは激怒し彼女を勘当してしまう。
善良で忠実な家臣、ケント伯爵がこれを命懸けで取りなそうとする。

……リアが狂ったとなればケントも
礼節を捨てましょう。なにをなさる、ご老体？
権力が追従に屈するとき、忠義が口を開くのを
恐れるとでもお思いか？　王が愚行に走るとき
直言するのが臣下の名誉。さあ、さきほどの宣告を
おとり消しなさい。……

（一幕一場）

「王が愚行に走るとき、直言するのが臣下の名誉」——臣下が王に向かって決して言うことのない言葉にリアは逆上し、ケントを国外へ追放してしまう。コーディリアに求婚していたフランスの公爵は、彼女が領土も失い、王に見捨てられたことで求婚を断り、フランス王は「あなたをその汚れなき心ともどもも抱きしめよう」と言って后として迎えることを誓う。娘たちは退位後のリアが騎士百人を連れて、それぞれの屋敷にひと月交代で過ごすという条件を受け入れる。しかし、いまとなってはゴネリルにとって、始末に負えないわがままな父親は厄介者にすぎず、ゴネリルは冷淡にあしらうのだった。百人もの騎士とともに勝手放題に振舞う父に文句をいって、その数を五十人にするよう要求するのだ。たしかにゴネリルの要求には一理あるが、気位が高く、気性もあらいリアは、激昂するばかりだ。リアのそばには追放されたケント伯が主君の身を案じ、みすぼらしい姿に変装し、従者として仕えていた。

おのれ、悪魔め！
馬に鞍をおけ、家来どもを呼び集めろ。ええい、
できそこないの私生児め、おまえの世話にはならぬ、

わしにはもう一人娘がおるわい。（一幕四場）

「無」＝Nothing Speech は「満ちていること」の逆説

絶対王制下において、王国の分割などはおよそ考えられないことである。国内紛争の火種となるからだ。リアにはそのことがわかっていない。絶対君主として富と権勢ばかりを誇ってきたリアには、奢り、傲慢さ、我が儘だけがまかり通り、どうすれば王国の秩序が保たれるのか、どうすれば弱いものがすくわれるかといった考えは及ばず、自分の意のままに王国を動かしてきたのだった。だから、愛情、孝行、真意というものは、言葉だけでは計れないことを理解できないのである。リアはコーディリアを「わしは、あれをいちばんかわいがり、あれのやさしい手に余生をゆだねるつもりでおった」と言い、末娘の優しい、愛情こもった言葉を期待し、最もよい国土を与えるつもりであった。そのコーディリアに「なにもない」と告げられ、リアは「そのことば、本心から出たものか？」とわが耳を疑い、信じられずに狼狽する。リアは自分自身の存在そのものを否定されたかのように、「その若い身で実のないことをよくも言えたな？」と絶縁を宣する。

コーディリアは口では「なにもない」としか言えないが、心のうちに父への深い愛のすべてがあった、心に満ちあふれているからこそ、ただ「なにもない」としか答えられないのだ。「コーディリアにとって「なにもない」とは「無」であるが、その「無」とは、実はあらゆるものをその中にふくむものにほかならない。リアはそのパラドックスを理解できなかった。「なにもない」という「無」をとおして、心のうちにある、満ちているものをみる目がリアにはなかったのである。

一方、リアを敬愛する家臣グロスター伯には嫡男のエドガーと妾腹の子エドマンドの二人の息子がいる。弟のエドマンドは、私生児であるがゆえに世間から冷たい目でみられ、弟であるがゆえに相続権が奪われていることに不満を抱いていた。そんなエドマンドは兄エドガーが父親暗殺を企んでいる、と根も葉もない話をつくりあげる。エドガーはお尋ね者となり、夜闇に乗じて城から抜け出すのだった。

リーガン夫妻は、自分たちの邸にリアが来るのがわかると、グロスター伯爵の城に馬を飛ばして逃げてきた。実は自分たちの邸にリアを迎え入れるのがいやだったのだ。夜が明け、リアはグロスターの城に向かう。城の前では変装している忠臣ケントが足枷を嵌められていた。リーガン夫妻のリアに対する当てつけだった。リアは使者として出したケントへの仕打ちに怒りを燃やすのだった。その上、リアは、長女ゴネリルと結託したリーガンから、家来を減らすよう強いられる。二十五人で十分だ、いや「十人だって、五人だって」、「そう。一人だって必要でしょうか」と。これに対してリアはこう反論するのだった。

ええい、必要を論ずるな。どんな卑しい乞食でも、その貧しさのなかになにかよけいなものをもっておる。自分の必要とするものしか許されぬとすれば、人間の生活は畜生同然となろう。

（二幕四場）

リアの言葉自体には真実が含まれているが、暴君が語ると勝手な自己正当化にしか聞こえない。娘たちは「私の邸にはその倍もの召し使いがいてお世話をしますのに」と主張するが、リアには聞く耳をもたない。

きさまら二人に必ず復讐するぞ、世界じゅうが――

きっとやるとも――なにをやるかまだわからぬが――
必ず、世界じゅうが恐怖におののくようなことを
やって見せるからな。わしが泣くと思っておるな。
ええい、泣くものか。
泣かねばならぬ理由はいくらでもある、だが、
たとえこの心臓が無数の星と砕け散ろうとも、
わしは泣かぬぞ。おお、阿呆、わしは気が狂いそうだ！

（二幕四場）

リアは強い風雨が吹きすさぶ真っ暗闇のなかをさまよい歩く。悲哀と苦しみを抱きながらも、王としての誇りだけは捨てまいと、必死に自らを奮い立たせようとするが、老王にしたがう者はいまや姿を変えたケントと道化だけだ。リアは夜の嵐の中で怒り狂っていた。外の嵐よりも心の中の嵐の方が激しく猛り狂っていた。欲していた物を手に入れるや否や、掌を返したように冷たく父をあしらう娘たちの忘恩に、「いのちを生み出す自然の母胎をたたきつぶし、恩知らずな人間を作り出す種を打ち砕け！」とさけぶのだった。

風よ、吹け、きさまの頬を吹き破るまで吹きまくれ！
雨よ、降れ、滝となり、竜巻きとなり、そびえ立つ
塔も、風見の鶏も、溺らせるまで降りかかれ！
稲妻よ、一瞬にして雷神の心を伝える硫黄の火よ、
柏の大木をまっぷたつに突ん裂く雷のさきぶれよ、
わしの白髪を焼きこがせ！　そして天地を揺るがす
雷よ、丸い地球がたいらになるまで打ちのめせ！
いのちを生み出す自然の母胎をたたきつぶし、
恩知らずな人間を作り出す種を打ち砕け！

腹の底からとどろけ！　火よ、走れ！　雨よ、降れ！
雨も、風も、雷も、稲妻も、わしの娘ではない、
むごいきさまたちを親不孝と責めたりはせぬ。
わしはきさまたちに王国を与えはしなかった、わが子と

（三幕二場）

呼びはしなかった、わしに尽くす義務はない。だから
存分にわしをさいなむがいい。このとおりわしは
きさまたちの奴隷だ、あわれな、か弱い、無力な、
さげすまれた老人だ。だがきさまたちは卑劣な
手先だぞ、けしからん二人の娘に味方して、
このような年寄りの白髪頭に、天の軍勢を
さし向けるとは。ああ、ああ、ひどいではないか！

（三幕二場）

こうしてリアは「腹の底からとどろけ！　火よ、走れ！　雨よ、降れ！」と叫びながら、ついには「恩知らずな人間」への呪いにいたるのだった。リアの叫びに、道化が「おじさんってば、家に入って、娘さんたちのお慈悲を願いなよ。こんな晩は利口だって阿呆だってあわれなぬれネズミだよ」と諭す。道化だけには余興の演者として、他の人が口にできないような王に対する批判なども許されていた。

リアを再生させた自然の力

嵐から逃れるために、ケントは、猛り狂うリアを小さな掘っ立て小屋に誘い入れようとするが、リアは、中に入ることを拒む。嵐の中こそ、自分の避難場所だというのだ。「わしの心には嵐がある、それがわしの五感をさらってしまった」、着るものもない惨めさ、寒さ、酷さを嵐の荒野で体験することで、権威、権力の中にいるときには決して考えることさえなかった問題に対峙するのだった。そして、こういうひどい嵐のときでも、宿をとる一銭の金もなく、我慢しなければならない貧しい人々の境遇を思いやるのであった。国王として栄華に奢った生活の中でリアは貧乏人の生活がどれほど惨めで、苦しいものか気づかなかった。生涯で今まで他者に対する思いやりなど全くなかったリアであるが、国王から最低の境遇に落ち込み、自らが雨に打たれ、風に晒され、寒さに震えることによって、目の前にいる道化やケントをやさしくいたわり、親しく語りかけ、気遣うことができるようになるのだった。寒さに震える二人を先に小屋の中に入らせてやる。生まれて初めて、この世の貧民に思いを馳せ、弱い人々の立場を理解することができるようになるのである。
リアが自己変革へ歩み出す瞬間である。

着る服もないみじめなやつ、おまえたちもどこかで
この無情な横なぐりの風雨に耐えているだろう、
教えてくれ、頭を入れる家もなく、腹を満たす
食べものもなく、穴だらけのぼろをまとう身で、
このような嵐をどうやってしのぐのだ？　ああ、
わしはいままで気づかなかった。いい薬だぞ、
栄華におごるやつ。みじめなものが味わう苦痛を
身をもって味わうがいい、そうすれば余分なものを
貧乏人にわけ与え、天の正義を示すようになるだろう。
（三幕四場）

小屋に入った道化が、小屋の中に「お化けがいる」と飛び出してきた。泥にまみれ、毛布をまとっただけの姿の、そのお化けはトムと名乗るが、実はグロスターの長男エド

ガーである。彼は腹違いの弟エドマンドの奸計により父殺しを謀ったという無実の罪を着せられ、「あわれなトムだよ！　それならまだ生きられる、エドガーならおしまいだ」と名を捨てて、嵐の荒野で裸で正気を失った姿に身をやつしていた。リアは狂乱のなか、虚飾を剝ぎ取った人間の実体、真実の姿を目の当たりにし、新たな認識を得るのだった。リアは余計な物を持っている点に、動物と人間の相違を見出して、「どんな卑しい乞食でも、その貧しさのなかになにかよけいなものをもっている」とあくまで騎士の数を減らすことを拒んだことがあったが、何ももたぬ極限状態の一人の男をみつめ、こう語るのだった。それは、裸であることから見える真実であった。

人間、衣装を剝ぎとれば、おまえのように、あわれな裸の二本足の動物にすぎぬ。
ええい、捨ててしまえ、借り物など！　おい、このボタンをはずしてくれ。
（三幕四場）

人間、着衣をとり、裸になれば、王も貧者もない、哀れな姿をしたただの同じ人間であると悟る。そして、新しい自分を見つけるために自分の服を脱ぎ捨てようとする。国王として傲慢であった自分を捨て、人間として何が大切であるか、他者を思いやる心、愛情、忍耐がいかに大切かを学び、謙虚に生きるべきであると覚醒していく。王冠を捨て、国王としてのアイデンティティを失うことによって、他者に対する人間愛にめざめ、真の人間としての姿を発見する。

リアの身を案じたグロスターがたいまつをもって嵐の中をやってきた。グロスターはケントも実の息子エドガーさえも変装していることに気づかず嘆くのだった。ケントに語りかけるように……。

……ああ、ケント！
こうなることを予言しておったが。あわれ追放の身だ。
王が正気を失いかけておられる、と言ったな、だが
このおれこそ気が狂いそうだ。おれには倅があった、
いまは勘当してしまった、そいつがおれのいのちを
狙ったのだ、つい最近。おれは倅を愛していた、
あれほど愛した父親はあるまい。

（三幕五場）

無名の召し使い──シェイクスピアが描いた偉大な英雄の一人

グロスターはリーガンが老王のいのちをねらっていると言う。そこでケントと道化はリアを連れてドーヴァーに逃げ、エドガーはあとに残ることになる。

グロスターは自分の城に帰る。城ではエドマンドが父、グロスターを裏切り、父がリアをフランス軍の上陸したドーヴァーへの逃亡を助けたと訴え出ていた。やがてグロスターが引っ立てられた。リーガンとその夫コーンウォールは、グロスターを椅子に縛り付け、リアの逃亡について知っていることを白状させようとした。

コーンウォール　王をどこへやった？
グロスター　　　　　　　　　ドーヴァーへ。
リーガン　なぜドーヴァーへ？　言っておいたろう、そむけば──
コーンウォール　なぜドーヴァーへ？　まずその返事を聞こう。　（三幕七場）

グロスターがまともにこたえず、むしろリーガンたちのリアに対する振舞いは獣以下だと批判する。コーンウォールはますます怒り狂い、召し使いたちにグロスターを椅子に押さえつけることを命じる。そして、恐ろしい牙を向けるのだった。

コーンウォール　……おい椅子を押さえておれ、きさまのその目を踏みつぶしてくれるわ。
グロスター　無事に長生きしたいものは助けてくれ！　うう、なんてひどいことを！　ああ、神々！
リーガン　片方がもう片方を嘲笑っている、それもついでに。
コーンウォール　天罰を見たいなら——

（三幕七場）

この場面は、観客が失神するほどの衝撃的な場としても知られる。その時、聞こえるのは主人を諫める名もなき一人の召し使いの声である。

召使い1　お手をお控えくださ い、

子供のころよりご奉公してまいりました私ですが、
これまでのなによりも、いまお控えを願うことが
最上のご奉公と心得ます。
（三幕七場）

この言葉は、グロスター家の者でもなければ、リーガンらに仕える騎士たちでもない、コーンウォール自身の召し使いが発したものだ。「召使い1」とだけの名もない人物である。子どものころから奉公してきた者が、この残虐行為をやめさせることが「最上の御奉公」だと言うのだ。自分の主人のあまりに残忍な行為に耐え切れず、剣を抜いて主人に切りかかった。何とかコーンウォールに傷を負わせたものの、召し使いはリーガンに刺されて死んでしまう。コーンウォールは腹いせにもう片方の目を抉りとる。グロスターは、このとき、自分を密告した者がほかならぬエドマンドであることを知る。

この忌まわしい夫婦は勝ち誇り、目の見えなくなったグロスターを城から叩き出した。

城門からたたき出してやり。ドーヴァーまで
鼻を頼りに行けるものなら行かせるがいいわ。
（三幕七場）

コーンウォールは、「この下郎は糞溜めにでもほうりこんでおけ」と、召し使いの死体を処理させる。しかし、この召し使いの死は無駄ではなかったと、あとでわかる。コーンウォールは致命傷を受けており、やがて死ぬのだ。

この召し使いの言動は、残虐な行為に対して、「人間の尊厳」が異を唱えたものだといえる。つまり、人間の存在を尊いものとして敬重し、その立場から物事の判断や価値をはかろうとしたものだ。名もなき召し使いが、人として生き、存在している証として、いかに長年仕えた者であっても許せないことは許せないとした範ある行動は、舞台上の一瞬の出来事であったが、深く記憶に残るものである。

シェイクスピア研究の世界的大家であるスティーブン・グリーンブラット(ハーヴァード大学教授)は、この召し使いを「シェイクスピアの偉大なる英雄の一人である」と次のように述べている。

暴君を倒せるのは、普通エリート階級であり、エリート階級から倒さざるを得ない不正な為政者が生まれ、やがては倒される。ところが、『リア王』の名もなき召し使いには、まさに暴君に対抗する民衆の本質が備わっている。この男は黙って見守ることを拒むのだ。それは命懸けの行為だが、人間の品位を守って立ちあがるのである。ほんの数行の台詞しかない極めてマイナーな登場人物ではあるが、シェイクスピアの偉大なる英雄の一人である。

（『暴君』、190ページ）

エドガーが独り荒野を歩いていると、老人に手を引かれたグロスターと出会った。「もう帰ってくれ」と、この先の案内を断わるが、老人は「ですが、道がおわかりにならないでしょう」と言い、グロスターはこうこたえた。

俺には道はない、したがって目もいらぬ。
目が見えたときはつまずいたものだ。よくあるだろう、
われわれはものがあれば油断する、なければかえって
得をする。ああ、エドガー、いとしい倅、
たぶらかされた父親の怒りの餌食にされたか！
おまえにふれることのできる日がくれば、おれは

目をとりもどしたと言うだろう！　（四幕一場）

エドガーは父の悲惨な姿をみると深くこう嘆いた。

ああ、「いまがどん底」などとだれが言える？
そう言ったときよりもっと落ちた。
……
もっと落ちるかもしれん、「これがどん底」などと
言えるあいだはほんとうのどん底ではないのだ。　（四幕一場）

グロスターは、浮浪者に身をやつしたエドガーが自分の息子であるとは気づかずに、その手に引かれドーヴァーへ向かった。そのころ、ゴネリルと夫オールバニ公爵の間に不和が生じてきた。オールバニはリアに対するゴネリルの仕打ちが許せなかった。「父親を情け深い老人を、残忍にも、恥知らずにも、狂気に追いやったのだぞ」と。そしてゴネリルは、傷がもとで夫が死んで寡婦となった妹リーガンと同様に、いまやグロスター

伯爵となったエドマンドに愛欲の火を燃やしていた。

ドーヴァーに近い平原にグロスターとエドガーの二人が現われた。エドガーは父が断崖から身を投げようとしていることを察し一計を案じた。その野原を断崖にいたる道だと思わせ、それを信じたグロスターは神に祈りを捧げると身を投げた。グロスターは平地に転倒しただけだったが、「きっと天の神様のおかげですよ、あんたが助かったのは」とのエドガーの言葉に、奇蹟的に助かったものと思い、生き続ける決心をする。

そこへ狂乱したリアが現れた。

グロスターはリアの声を聞くと、「あのお声の特徴ははっきり覚えている、王ではありませんか?」、リアは「この五体のすみずみまで王だ」と言う。しばらくしてリアは狂気のなかにも、理性がもどり、グロスターに言う。

リア　わしの不幸を泣いてくれるなら、この目をやろう。
おまえのことはよく知っておる、グロスターだろう。
忍耐せねばならぬぞ。人間、泣きながらこの世に
やってくる、そうだろう、はじめて息を吸いこむとき、

おぎゃあおぎゃあと泣くだろう。おまえに一つ説教してやろう。

グロスター　ああ、なんとおいたわしい！

リア　人間、生まれてくるとき泣くのはな、この阿呆どもの舞台に引き出されたのが悲しいからだ。

（四幕六場）

そういっているところへ、コーディリアから遣わされた者たちがやってきた。リアを探しにきたのである。彼らは狂乱のリアをフランス軍の陣営に連れ去った。その直後、ゴネリルに仕えるオズワルドがグロスターを見つけ、剣を抜いて襲いかかってきた。エドガーにたたきのめされた男は、息を引き取る前にふところの手紙をエドマンドに届けるよう頼んだ。エドガーがそれを読むと、ゴネリルがエドマンドに愛を誓い、夫オールバニを殺すよう依頼するものだった。

フランス軍陣営では、コーディリアに救出されたリアが昏々と眠り、その傍らで彼女には正体を明かしたケントがコーディリアとともに回復を祈っていた。やがて目を覚ましたリアは娘に許しを請うが、コーディリアは「そのお手で私に祝福を与えてください。

いけません、膝をおつきになっては」といたわるのであった。

いよいよブリテン軍とフランス軍の決戦の火蓋が切って落とされるが、フランス軍はあえなく惨敗する。エドマンドは素早くリアとコーディリアを捕まえ、牢につなぐ。勝ち戦に躍るブリテン軍の陣営では醜い争いが起きていた。エドガーは、弟エドマンドに決闘を挑み、エドマンドは打倒された。エドガーはそこで身分を明かした。さらに半時前に父グロスターはエドガーが自分の息子だと知り、「喜びと悲しみの両極端に引き裂かれ、微笑をたたえながら」こと切れたことが伝えられる。そこへ絶望のあまり自害したゴネリルと姉の盛った毒によって殺されたリーガンの死骸が運ばれてきた。エドマンドは、コーディリアとリアの暗殺命令を出していたことを、告白して死ぬ。

急ぎの伝令をおくるが時すでに遅く、リアが絞め殺されたコーディリアを両腕に抱いて現れた。

わしのかわいいやつが、
阿呆め、絞め殺されたぞ！　もう。もう、
だめだ！

犬も、馬も、ネズミも、いのちをもって
おるのに、
おまえは息を止めたのか？　もうもどっ
てこないのか、
二度と、二度と、二度と、二度と、二度と！
頼む、このボタンをはずしてくれ。あり
がとう。
これが見えるか？　見ろ、この顔を、こ
の唇を、
見ろ、これを見ろ！　　（五幕三場）

Lear. Had I your tongues and eyes, I'd use them so
That heaven's vault should crack.—She's gone for ever!　　*Act V. Scene III.*

「リア王」（ヘンリー・コートニー・セルース画）

そう言って、リアは息絶えてしまう。

オールバニはケントとエドガーに、協力してブリテンを立て直そうと持ちかけるが、ケントはリアのあとを追う覚悟であった。葬送のマーチが流れる。

エドマンドを忘れない！

『リア王』における登場人物を便宜上、悪と善に区分すれば、リア王の三人の娘のうちゴネリルとリーガンは悪、コーディリアは善、そしてグロスターの二人の息子のエドマンドは悪、エドガーは善だとする見方が一般的だろう。しかし、果たしてそうであろうか？　むしろ、悪の権化のように見られているエドマンドには共感できるし、同情できるところも多い。そして人はひとりでは生きられず、他者とのかかわりの中でこそ生をまっとうできることを教えてくれる人物でもある。

エドマンドの父親グロスターは、「あれはご子息かな？」とケントに尋ねられ、驚くべきことにエドマンドを前にしながら次のようにこたえている。

グロスター　育てたのはたしかにこの私だ。だがあれを倅と認めるたびに赤面していたので、いまではすっかり面の皮も厚くなった。

ケント　よくわからぬが、なにか事情でも？

グロスター　うむ、情事という事情でな。おかげでこいつの母親の腹がせり出し、やがて夫をベッドに迎える前に、赤子を揺り籠に迎えてしまったというわけだ。けしからんあやまちとお思いだろうな。

（一幕一場）

グロスターは、「こいつは呼びにもやらぬのに生意気にもこの世に飛び出してきおったが、その母親というのが美人でな、こいつができたのもさんざん楽しい思いをしたればこそだった。そこで妾腹《しょうふく》とはいえ、認知せざるをえなかったのだ」と恥じることなく言葉をつづける。私生児に対する差別と偏見をもつ社会のなかで、エドマンドは、その胸中は苦しくとも沈黙するほかなかった。エドマンドは、生まれた瞬間から父親から恥ずかしがられる存在であるとの意識を植えつけられてきたのだ。これこそ、自分の居場所のない、やるせないエドマンドの現実である。その嘆きには苛立ちのなかにも力がある。

大自然よ、おまえこそおれの女神、
おまえの掟こそおれの服する義務だ。なぜおれは
忌わしい習慣に縛られ、口さがない世間の思惑に

相続権を奪われ、黙っていなければならんのだ？
たかが一年かそこら兄貴より遅く生まれたという、
それだけのことで？　なぜ私生児だ、不正の子だ？
おれだって、見ろ、五体満足だ、精神健全だ、
容姿端麗だ、正当な奥方が生んだご子息と
どこがちがう？　なぜおれたちに烙印を押すんだ、
やれ私生児の、不正の子の、不正の私生児のと？
（一幕二場）

忌わしい習慣だけで、社会から不正の私生児と烙印を押されるのはなぜだ。五体満足、精神健全で決して役立たずの人間ではない。私生児である自分の存在を肯定し、つくられた秩序に立ち向かおうとする。

……だからいいか、
ご嫡男のエドガーよ、あんたの領地はいただくぜ。
おやじの愛情は私生児のエドマンドにもあるんだ、

ご嫡男に劣らずな。いいことばだよ、ご嫡男とは!
(一幕二場)

エドマンドは二つの策を弄する。一つは兄エドガーが父親暗殺を企てているかのような手紙を捏造し、それを信じたグロスターが全土に追っ手をかけて、エドガーの命を狙ったこと、もう一つは、グロスターがリアを救おうとしていることを父親から聞いて、その情報をリーガンに密告したことだ。私生児の息子を恥じる父から学んだエドマンドの哲学は、他者との関わりは表面だけとし、心を通い合わせることを捨て去ったことである。

しかし、エドマンドが決闘で負け、死を意識した瞬間、彼の心に変化が生じる。注目すべきは、それが人間関係において生じた変化だという点である。決闘で自分を倒した相手が兄とわかった直後、その兄がエドマンドの出自について語る。エドガーはいう。

おたがいに許しあおう。
血筋ならおまえにいささかも劣らぬぞ、エドマンド、
まさるとすればそれだけお前の罪は重くなる。
おれの名前はエドガー、お前と同じ父親の子だ。

神々は正しく裁かれる、人間が不義の快楽にふければ
それを道具として罰をくだされる。父上は
暗い邪淫の床でおまえをもうけた報いに、
両眼を失われた。

（五幕三場）

「おたがいに許しあおう」とのエドガーの言葉に、エドマンドの心は穏やかになっていくのだった。父が失明したのは、エドマンドの裏切りに起因しているにもかかわらず、兄はそのことに言及せずに、「父上は暗い邪淫の床でおまえをもうけた報いに、両眼を失われた」と言うのだった。私生児であるが故に苦しんできた自分をいたわる兄の言葉に、エドガーは兄の包容力を感じ、悔恨の情が沸いてくるのだった。人は一人では生きられない。兄との心が通じ合ってこそ、人間関係を培うことによって、エドマンドは自己を肯定的にみつめることができ、再生への姿を現すのである。

いまのお話、胸を打たれました、おかげで私も
まともな人間にもどれるかもしれません。

（五幕三場）

そして、エドマンドは息を引きとるまえに、自らが発していたリアとコーディリアの絞殺命令を撤回するための使者をおくるのだった。

ああ、息が。おれの本性にそむくが、
少しはいいことをしておきたい。すぐに使いを、
城へ、大急ぎで。指令を出してあるのです。
リアとコーディリアのいのちを奪えという。
さ、早く使いを。

（五幕三場）

「本性にそむく」とは、自らの出自を悪と見做しているからなのだろうか。仮にそうだとしたら、エドマンドはすでに悪の殻を脱ぎ捨てたといえる。エドマンドの考え方には、中世から近代に向かう個人主義の萌芽がある。さらに、エドマンドは、当時の人々を支配していた世界観に対して鋭い問題を投げかける。ここは、シェイクスピアが検閲制度を潜り抜けながら、エドマンドを通して彼の思想を語っているとみてよい。

当時の人々を支配していた世界観は、宇宙には神の主宰する大秩序があり、人間界には国王を頂点とする秩序があり、さらに動・植物界問わずあらゆる創造物にもそれぞれの秩序があるというものであった。それらの秩序が相互に連関しながら大きい一つの組織を構成していた。もし、この秩序が覆されるならば、どのような災禍が襲ってくるかも知れないという恐怖感があった。グロスターはエドマンドから父親暗殺の企てを知らされて次のように語る。

近ごろ続いてあらわれた日食月食は不吉な前兆であったのだ。自然界を知る学者はこれこれしかじかと理屈をつけるが、人間界はたしかにその結果たたりを受けておる。愛情はさめ、友情はこわれ、兄弟は背を向けあう。町には反乱、村には暴動、宮廷には謀反が起こる。親子の絆も断ち切られる。わが家の悪党もこの前兆の現われだ、……

（一幕二場）

子が親を殺すことは、秩序を覆し、序列を破壊することでもある。人間界の無秩序は自然界にも大混乱をもたらすものと考えられていた。すべての生物が秩序に連結された

「存在の鎖」として、それぞれ独自の地位を占めていた。

しかし、父グロスターが語る、伝統的なエリザベス朝・ジェイムズ朝の世界観をエドマンドは真っ向から否定する。

……運が悪くなると、たいていはおのれが招いたわざわいだというのに、それを太陽や月や星のせいにしやがる。まるで悪党になるのは運命の必然、阿呆になるのは天体の強制、ごろつき、泥棒、裏切り者になるのは星座の支配、飲んだくれ、嘘つき、間男になるのは惑星の影響、って言うようなもんだ。人間の犯す悪事はすべて天の力によるってわけだ、女ったらしにはもってこいの口実だぜ、おのれの助平根性を星のせいにできるんだからな。おれのおやじがおふくろを抱いたのは龍座の尻尾の下、おれが生まれたのは大熊座の下、したがっておれは乱暴者の女ったらしっていうことになる。チェッ、ばかな、おれはいまのままのおれだったろうぜ、たとえ私生児ご誕生のとき天上のもっとも貞淑な星が輝いていたとしてもな。

（一幕二場）

このように、シェイクスピアは、エドマンドをして、伝統的な世界観を嘲笑せしめ、近代へ向かって軸足を置く個人主義（近代個人主義）という新しい価値観を語らせるのである。シェイクスピアは中世的世界観を重視した劇作家であった。同時に、人間解放の思想を謳歌する新時代の詩人でもあった。

シェイクスピア時代の検閲

エドワード三世（在位：一三二七―一三七七）時代、一三五二年の法令によって、王や王妃ないし王位継承者の死を「企てたり想像したりした場合」は謀叛であるとされた。「想像したり」という曖昧な語によって、政府が誰を起訴するかかなり自由に決められていた。シェイクスピア時代にもこの法令は生きていて、出版物と演劇が検閲の対象とされていた。一五五九年、エリザベスは、書物の発行許可権を、一部の例外を除いて、カンタベリーとヨークの大主教、ロンドンの主教およびオックスフォードとケンブリッジの両大学総長に与える布告を発している。この発行許可権すなわち検閲権は死刑を科しうる強犬なものであった。芝居は、上演地の市長、町長、州長官、または二名の治安判事の許可を得て上演できたが、一五八〇年前後から宮廷祝典局長による検閲に移っていった。特に宗教、政治的書籍への監視の目は厳しく、筆禍によって手を切り落とされたり、両耳をそがれたり、死刑となった人も少なくなかった。

言論の自由が厳しく制限され、その上、王権神授説を主唱したジェイムズ一世の下にあって、『リア王』（推定執筆年：一六〇五―〇六）が上演されたということは驚くべきことである。というのは、『リア王』には人間の存在に意義や本質的な価値などはないとする虚無的な面も色濃く、国王の神性については疑義を呈している側面があるからである。退位した王が殺され、公僕たちが死んでいく姿を描きながらも処罰の対象とはならなかった。それは、「描かれた場面はイングランドの過去の事件であり、暗黙の了解により、そうした歴史的に古い事柄はかまわないとされ」（スティーブン・グリーンブラット）たからだ。また、この時代には、演劇の敵――ピューリタンとよばれる人々、ロンドン市――が存在していた。祝典局長による検閲は、演劇の敵から役者たちを守る盾となり、役者たちは検閲をパスすることで公演のお墨付きを得たのである。

【参考文献】

・池上忠弘、石川実、他『シェイクスピア研究』、慶應義塾大学出版会
・太田一昭「シェイクスピア時代の『検閲』とは何か」（九州大学『言語文化論究』35）所収、二〇一五）
・宮之原匡子「『リア王』――再生の荒野――」桃山学院大学総合研究所『英米評論』⑮所収
・森順子「『リア王』におけるエドマンドの内的世界」（『人間と環境』二〇一二年三巻、人間環境大学）
・スティーブン・グリーンブラット『暴君』、河合祥一郎訳（岩波新書）

4 『ハムレット』Hamlet

〝復讐すべきはわが母！〟

推定執筆年一六〇〇年、初版一六〇三年

ストーリー

デンマークの王子ハムレットは、突然の父王の死により、留学先のヴィッテンベルク大学からデンマークに帰ってくる。父の死を嘆くハムレットは、父の葬儀から日も浅いというのに王位を継いだ叔父クローディアスと再婚した父王の妃である母、ガートルードが許せず、いつまでも喪服を着たまま悶々としている。そんな折、友人のホレーシオから、連夜、父の亡霊がエルシノア城に現れるとの知らせを受ける。その夜、ハムレットが城壁の見張りに立つと、まさしく父の姿をした亡霊が現れ、「我こそは、そなたが父の霊魂」、「そなたの父を噛み殺した毒蛇は、今、頭に王冠を戴いている」と告げ、「悪逆非道な人殺しの恨みをはらしてくれ」とハムレットに復讐を命じる。亡霊が消えるとハムレットは、「人は、ほほえみ、ほほえみ、しかも悪党たりうる」とクローディアスの顔を重ねながらつぶやく。

内大臣ポローニアスの屋敷では、パリ留学から一時帰国したレアティーズが妹オフィーリアに、ハムレットのおまえへの愛は一時の気まぐれ、だから用心するようにと諭している。

ハムレットは狂気を装い復讐の機会をうかがう。ポローニアスは、ハムレットが娘オフィーリアへのかなわぬ恋ゆえに狂気にとらわれていると決めてかかる。それは、ポローニアスが彼女に、ハムレットがいくら愛を誓っても「美しいうわべとは大違い、よこしまな願いをとげるため」のものだと説教し、ハムレットに会ってはならないと命じていたからであった。一方、現王クローディアスはハムレットの幼なじみのローゼンクランツとギルデ

ハムレットと父の亡霊
（ヨハン・ハインリヒ・フュースリー画）

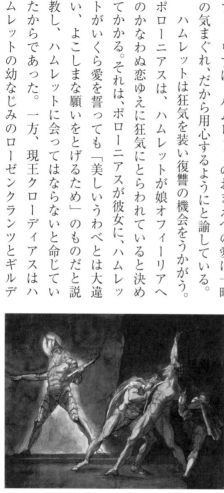

ンスターンを城に呼び寄せ、ハムレットの心の内を探らせようとする。ハムレットは二人に再会すると、なつかしそうによびかけた。「きみたちはどんな悪事を働いたのだ、運命の女神の手によってこの牢獄に送りこまれたとは？」、「デンマークは牢獄だ」と語る。ハムレットは二人に、王のさしがねできたことを白状させる。その直後、ハムレットは、近頃、世界と人間の美しさが感じられなくなったと次のように語る。

この壮麗なる大地も荒涼たる岩山としか見えぬし、この素晴らしい天蓋、大空、見ろ、この頭上をおおうみごとな蒼穹、金色に輝く星を散りばめた大天井も、おれには濁った毒気のあつまりとしか思えぬのだ。それにまた、この人間とはなんたる自然の傑作か、理性は気高く、能力はかぎりなく、姿も動きも多様をきわめ、動作は適切にして優雅、直観力はまさに天使、神さながら、この世界の美の精髄、生あるものの鑑、それが人間だ、ところがこのおれには、塵芥としか思えぬ、人間を見ても楽しくないのだ。

（二幕二場）

そこへ、都から旅まわりの一座がやってきた。喜んだハムレットは、王の前で役者たちに「父上の殺害に似た話を演じさせよう。そのときのやつの顔つきをじっと見るのだ。もしそれがやつの急所をつき、少しでもびくっとしたら、あの亡霊のことばは真実だったということになる」と考える。

このまま何もせずに終わるのか？　それとも行動を起こすべきか、城中を歩きながらハムレットは、“To be, or not to be, that is the question.” と独白する。悩みは深く、愛しいはずのオフィーリアにまで「尼寺へ行け」と突き飛ばしてしまう。その様子を壁掛けのうしろから隠れ見た王は、ハムレットの言動に、恋に狂ったもの以上の危険な何かを胸に秘めていると感じとっていた。

その夜、国王、王妃、宮臣たちの前で「ゴンザーゴー殺し」が上演された。亡霊が語った通り、果樹園での前王暗殺の様子が芝居で再現されると、王は「王殺しの場面」で驚いて立ちあがる。ハムレットはホレーシオとともに、亡霊の言っていたことが確認できたことを喜んだ。だが王は、身の危険を察知し、ハムレットをイングランドに送り、イングランド王の下で暗殺することを決意する。

その直後、王は一人になると罪の重荷に耐えかね、天に許しを乞うために祭壇に跪くのだった。ハムレットは、母の居室に向かう途中で王を見つけ、今こそ復讐の好機と剣を振り上げるものの、祈りの最中に殺したのでは魂は天国へ行き、復讐にならぬとその思いを振り払ってしまう。地獄の扉は、邪悪にふけっているときこそ開けることができるからだ。すぐに、母の居室へ入ったハムレットは、激しい勢いで母を罵り、「あなたの心の奥底をとくとごらんになるのです、それまではどこへも行かせませぬ」と責める。あまりの剣幕に、ガートルードは一瞬殺されるのではと思って悲鳴をあげる。

壁掛けのうしろからも聞こえてくる叫び声に、ハムレットは「おお、ネズミか？」と言って壁掛け越しに剣を突き刺す。ポローニアスだった。「きさまか、おっちょこちょいの出しゃばりな道化役、さらばだ！」と一言あびせると、ハムレットは震え慄く母に対して、父を裏切って叔父と再婚したことを満身の怒りで責め立てた。

ああ、羞恥心はどこへ消えた？　忌まわしい情欲が
いい年をした女の血をさわがせるものなら、
燃えさかる青春の血には、つつしみなど蝋も同然、
たちまちとけてしまうだろう。若さの情念が
火と燃えるのは恥ではない、冷たいはずの霜まで燃え、

理性が情欲の取り持ち役をつとめるのだから。　（三幕四場）

ポローニアスの不幸な死は、一刻の猶予もなくハムレットをイングランドへ向かわせることになる。王は、イングランド王にハムレットが到着したら直ちに殺すように、との親書をローゼンクランツとギルデンスターンに託すのだった。途中でハムレットは、ポーランド攻略に向かうノルウェー王子フォーティンブラスの軍隊を見る。かつて、ハムレットの父王はフォーティンブラスの父王と一騎打ちをし、勝って相手の土地を手に入れた。王子フォーティンブラスは父王の失った土地を取り返そうとしたが、現王クローディアスにいましめられ、かわりにポーランド領の攻略に向かうところだった。ハムレットは、名誉のため毅然と戦うフォーティンブラスの姿に、未だ復讐を果たせぬ自分を重ね、「食って寝るだけに生涯のほとんどをついやすとしたら、人間とはなんだ？」と問う。

一方、ハムレットに捨てられ、しかも父を殺されたオフィーリアは苦しみから気が狂い、聞いたこともない歌を口ずさんだり、父の葬式の花だといって宮廷の女性たちにくばったりして、宮中をさまようのだった。また、兄レアティーズは、父、ポローニアスが殺されたことを知って、留学先のフランスから怒りに燃えて帰ってくる。王がレアティーズに、「父親の死についてたしかな真相を知りたくはないのか?」と語っているところへ、イングランドで殺されるはずであったハムレットから、デンマークにもどってきたとの手紙が王に届けられる。王はレアティーズにハムレットとの剣の試合をもちかけ、毒を塗った剣でハムレットを討つよう策をさずけた。そのとき、オフィーリアが小川で溺れて死んだと伝えられる。レアティーズは涙をぬぐい、父と妹の復讐を誓う。

オフィーリア（アーサー・ヒューズ画）

　ハムレットは、途中海賊に襲われ、身代金ほしさの海賊の手でデンマークに送りとどけられたのだった。ホレーシオに迎えられて城に帰る途中、オフィーリアの葬儀を目の当たりにする。「ええい、くたばるがいい！」とつかみかかるレアティーズに、ハムレットは「おれはオフィーリアを愛していた。実の兄がたとえ何万人集まろうと、おれ一人の愛の大きさにかなうものか」と叫ぶ。

ハムレットはレアティーズに謝罪して剣術試合に臨む。フランスで剣の名声を誇るレアティーズだが毒剣を手にしているうしろめたさから、一本目、二本目をとられ、三本目を引き分けた。そのあいだにガートルードは息子の幸運を祈って、ハムレットに用意された毒杯で乾杯をしてしまい、死んでしまう。また、レアティーズとハムレットはもみ合ううちに剣を落として、互いの剣が入れ替わり、ともに毒剣による傷を負ってしまう。レアティーズは王のたくらみを打ち明け、事切れる。ハムレットは王を剣で刺し、母が飲んだ毒入り杯の残りを飲ませて殺す。ホレーシオにこの悲惨な出来事を後世に伝えることと、わが王位を継ぐべき者はフォーティンブラス、と指名すると、「あとは沈黙」の一言を最後に、永遠の眠りにつくのだった。やがてポーランド領より凱旋してきたノルウェー王子フォーティンブラスが登場し、ハムレットの亡骸を武人にふさわしく壇上に安置するよう命じる。

『ハムレット』は復讐劇か？

『ハムレット』は、紛れもなくエリザベス朝演劇のひとつのジャンルである復讐悲劇として生まれた。そこには共通した特徴──①亡霊の存在、②復讐者の狂気や狂気を装うこと、③復讐の遅れ、④劇中劇、あるいは劇中仮面劇、⑤殺される者の多さ、⑥復讐者の死──がある。すべてこの復讐悲劇の要素を満たしているわけではないが、例えばエリザベス朝演劇そのものの幕開けとなっている『スペインの悲劇』（トマス・キッド、一五五八─一五九四）において、それらのプロットはすでに含まれている。そして『復讐者の悲劇』（著者はシリル・ターナーとされていたが、近年の研究により、トマス・ミドルトン、一五八〇─一六二七）であるとみられている）もやはりこの範疇に収められる。もちろん、『ハムレット』は復讐悲劇の代表作で、世界演劇史上の傑作でもある。これらの作品はシェイクスピアの復讐悲劇の先駆けとなった。

ところが、こんにちでは、「『ハムレット』は復讐劇ではない」、「復讐劇のかたちを借りているものの、『ハムレット』が描くドラマの本質は復讐のレベルを超えた内面の問題にある」（河合祥一郎東京大学教授）といった主張がなされている。『ハムレット』は一六〇〇年代の復讐劇全盛の時代に、「復讐劇」として生まれながら、復讐劇ではないとすると、いったい何なのだろうか？

『ハムレット』ほど世界の人々を悩ましている作品はないといわれる。多種多様な解釈は、ハムレットの悩みを解決してくれるどころか、いっそう悩みを増幅させるばかりだ。何がそうさせるのか？　『ハムレット』を一つひとつ、流れをたどりながら読んでいくと、とにかく矛盾だらけ、疑問だらけだ。この矛盾と疑問が、この作品の魅力でもあり、無数の解釈とハムレット像が生み出される源なのだろう。

「誰だ？」——転倒した誰何《すいか》

一幕一場の冒頭部、ト書きを含めて紹介する。

第一場　エルシノア城壁の上の通路
フランシスコーが歩哨に立っている。バナードー登場。

バナードー　だれだ？
フランシスコー　おまえこそだれだ？　動くな、名を名のれ。
バナードー　国王陛下万歳！
フランシスコー　バナードーですね？
バナードー　そうだ。
フランシスコー　よくきてくださいました、時間どおりに。

真夜中の十二時、先に城壁の歩哨に立っているのはフランシスコーで、そこにあとから次の護衛バナードーが定刻どおりにやって来る。本来ならば、歩哨に立つフランシスコーが「だれだ」と誰何すべきところだが、ここでは反対にバナードーが誰何するのである。『ハムレット』は最初の頁をめくったとたんに、異様な、混沌とした世界に招き入れられてしまう。なぜ、こうした逆転した誰何となったたか、舞台が進行してもその謎は解けない。シェイクスピアが用いた手法の意図をどう捉えるか。河合祥一郎は次のように述べている。

一見すると何気ない、幕開けの「誰だ」（Who's there?）という台詞は、誰何するべき相手に先に誰何されるという関係性の転倒によって、「ここにいる私とは誰か？」という問いと呼応しています。ひいてはこの最初の台詞は作品を通して、そもそも人間が存在するとはどういうことなのか、人間とはそもそも何なのか、という問いにまでつながっていくのです。「人間とは何だ」（What is a man）という台詞もあとでそのまま出てきますが（第四幕第四場・Qのみ）、この作品は存在の問題を追求するもの、いわば〝存在の研究〟（study of being）である、というのが私の持論なのです。（『シェイクスピア　ハムレット』〈一〇〇分de名著、19ページ〉）

『ハムレット』の推定執筆年は一六〇〇年、日本では関ケ原の戦いがあった年である。それは、イギリス・ルネサンスの最盛期で、中世と近代のはざまの時代でもある。中世の哲学者ニコラウス・クザーヌス（一四〇一～六四）の「神の照覧あるが故に我在り」（神様が私をご覧になっているから、私は存在する）との言葉に象徴されるように、中世における自我は、自分ひとりで存在することはできず、常に神とともに受動的に在ると考えられていた。彼はシェイクスピアが生まれる一〇〇年前に没したが、その思想は中世の混沌のなかから近代的思考を準備したと高く評価されている。

それに対して、ルネ・デカルト（一五九六～一六五〇、フランスの哲学者・数学者）の「我思う故に我在り」（コギト・エルゴ・スム、I think therefore I am.）になると、神よりも理性を信じる時代となり、自分ひとりで考えることによって、主体が自立的・能動的に世界に存在することができるようになる。それが近代的自我のはじまりといわれる。『ハムレット』は、中世を引きずりながらも、まさに近代へと羽ばたこうとする時代に書かれ、そのなかでシェイクスピアは、デカルトに先んじて、近代的自我の原型のような〈主体〉の問題をテーマとしたといえる。それは〈私とは何か〉という〈アイデンティティ〉の問題、あるいは〈存在〉の問題ともいえるものである。それは作品誕生から今日まで一貫して据えられているテーマでもある。「だれだ？」という台詞自体、あらゆる存在のアイデンティティを問いかける言葉と解釈することができる。この転倒した誰何をどう解釈するか？『ハムレット』には、冒頭からこのような哲学的テーマが潜んでいる。（河合祥一郎『謎解き『ハムレット』11ジペー、『シェイクスピア　ハムレット』（二〇〇〇分de名著、20ジペー参照）

“復讐すべきはわが母！”――心弱きもの、おまえの名は女！

デンマークの王子ハムレットは、父王の死後、叔父・クローディアスが王位を継ぎ、母がその叔父と時を空けずに再婚したことを嘆く。美と貞潔の鑑であった母が、敬慕する父の死からわずか二ヵ月も経ずに「不義の床」に入り込んだことへの衝撃はあまりにも大きく、ハムレットは母のみならず、オフィーリアを含むすべての女性に対して不信を抱くのである。

ああ、このあまりにも硬い肉体が
崩れ溶けて露と消えてくれぬものか！
せめて自殺を罪として禁じたもう
神の掟がなければ。ああ、どうすればいい！
おれにはこの世のいとなみのいっさいが
わずらわしい、退屈な、むだなこととしか見えぬ。

いやだいやだ！　この世は雑草の伸びるにまかせた荒れ放題の庭だ、胸のむかつくような者だけがのさばりはびこっている。こんなことになろうとは！亡くなってまだ二月《ふたつき》、いやいや、二月にならぬ、りっぱな国王だった、いまの王とくらべれば獅子と虫けらほどちがう。母上をこの上なく愛され、外の風が母上の顔に強くあたることさえ許さぬほどだった。それが、なんということだ！思い出さねばならぬのか？　そう、母上もあのころは父上を一時も離さず、満たされてますますつのる貪欲な愛にひたっておいでだった。それが一月で——もう思うまい——心弱きもの、おまえの名は女！——ほんの一月で、いや、父上の亡骸に寄りそい、ニオベのように涙にくれて墓場まで送った母上のあの靴もまだ古びぬうちに——母上が、あの母上が——

ああ、ことの理非をわきまえぬ畜生でも
もう少しは悲しむであろうに──叔父と結婚するとは、
父上と兄弟とはいえ、おれがヘラクレスとちがうほど
似ても似つかぬあの男と、一月もたたぬのに、
泣きはらした赤い目から空涙の跡も消えぬうちに
結婚したとは。ああ、なんというけしからぬ早さだ、
こんなにもすばやく不義の床に送りこむとは！
これはよくないぞ、けっしてよい結果にはならぬぞ。
だが胸がはり裂けようと、口に出してはならぬ。

（一幕二場）

ハムレットがエルシノア城に亡霊が現れるということをホレーシオから知らされるのは、この独白の直後である。したがって、この時点でハムレットを憂鬱にさせ、自殺まで思い悩ませる主因は母ガートルードなのだ。

エリザベス朝において妻の完璧な貞節と服従を保持することは極度に重視されていた。後家の再婚は認められていたものの二夫と交わる後家には淫乱のイメージが拭え

ず、ましてや、夫の兄弟と再婚することは当時のキリスト教会では近親相姦、不倫とみなされ、決して許されることではなかった。

「外の風が母上の顔に強くあたることさえ許さぬほどだった」——その父を裏切った母、近親相姦の罪、その罪深い母の血を受けて、ハムレットは母親の情欲の中に巻き込まれ、自らの肉体もまた汚れたと感じている。淫らで卑猥な母の性格をどこまでも共有していると感じているのだ。「ことの理非をわきまえぬ畜生でも、もう少しは悲しむであろう」、父が死んで、すぐに叔父と結婚したことをハムレットは許すことができず、怒り、嘆くのだった。

「心弱きもの、おまえの名は女!」と。

ハムレットの母に対する認識は、妻の裏切りを厳しく詰る亡霊が語るものと同じだ。

亡霊はハムレットに語る。

……ついには貞淑の鑑と見えた
わが后を恥ずべき邪淫の床に誘ったのだ。
おお、ハムレット、なんとおぞましい堕落だ!

婚礼のときの誓いをそのまま守りつづけた
このわしの清らかな愛の手をふりすて、
わしとはくらべようもないほど卑しい
性情の男の胸に、まっさかさまに
転落していくとは！
貞淑な女は、たとえみだらな欲情が神々しい姿をとって
言い寄ろうと、心を動かされぬもの。それにひきかえ
みだらな女は、たとえ輝く天使と契りを結ぼうと、
至福に包まれた天上の床に飽き、
ごみ溜めの腐れ肉をあさるのだ。
……
かりにもそなたに子としての情があらば、
このままデンマーク王家の臥床《ふしど》を
忌まわしい邪淫に汚させてはならぬ。
しかしながらことをおこなうにあたっては、

けっして理性を失わず、母にたいしては
危害をおよぼすな。あれのことは天にまかせ、
みずからの胸に宿る良心のとげにその身を
さいなませるがいい。

（一幕五場）

亡霊のガートルードに対する悪罵は、ハムレットにもう一つの新しい問題を突きつけることになる。

それは、母が父王毒殺に直接に加わっていたのではないかという疑惑だ。母については「天にまかせ」とか、「胸に宿る良心のとげにその身をさいなませるがいい」という、神の手による仕打ちを期待するような亡霊の言葉には、ガートルードも共犯者であると解釈することもできる。亡霊がガートルードの性急な再婚だけを非難するのであれば、なぜ、「みだらな女は、たとえ輝く天使と契りを結ぼうと、至福に包まれた天上の床に飽き、ごみ溜めの腐れ肉をあさるのだ」とまで言わなければならないのか。これは、母は叔父の犠牲者という域をはるかに越え、彼女が弟をたぶらかし、王殺しに加担しているのでは、と思わざるを得ないような口調だ。亡霊にはハムレットに復讐の誓いを守ら

せることよりも、転落していった一人の女性〝わが母〟こそ復讐の対象なのではないか、という思いにいたらせる。そのことは、「デンマーク王家の臥床《ふしど》を忌まわしい邪淫に汚させてはならぬ」という一言にも凝縮されているように思う。ハムレットは亡霊のことばに、悩みを深くする。

おれの前にあらわれた亡霊は悪魔かもしれぬ、悪魔は相手の喜びそうな姿を借りるものだ。あるいはおれの心の弱さ、胸の憂鬱につけこみ、このときとばかりおれを欺いて地獄におとすたくらみかもしれぬ、もっと確かな証拠がほしい。

（二幕二場）

当時の人々は、亡霊が人の姿を装って出現すると信じていた。しかし、あの宗教改革の父マルティン・ルターが出たプロテスタントの牙城であるヴィッテンベルグ大学で学ぶハムレットにとって、死者がその姿を地上に現わすということは、信じ難いことであった。ルターが最終的に否定したものこそ煉獄である。プロテスタントはこぞって煉獄の存在を否定し、同時に亡霊もプロテスタントの世界から追放されることになる。プロテスタントにとって、死後の世界は天国と地獄の二つしか存在しないからである。デンマークはプロテスタントの国である。その国を治めていた父王が煉獄から来たとはにわかに信じることができない。「おれの前にあらわれた亡霊は悪魔かもしれぬ、悪魔は相手の喜びそうな姿を借りるものだ」と、ハムレットが亡霊の存在を疑うのは当然のことだ。

世界文学の極北――"To be, or not to be, that is the question."

父の装いをした亡霊から、非道な殺人者である叔父クローディアスの復讐を命じられた時から、「ハムレットの演技」が始まる。ハムレットは復讐を果たすために狂人を演じることをホレーシオたちに語る。ハムレットにとっての「演技」は、内面に秘めた真実の姿を見破られまいとするための手段である。折しも、都から旅回りの一座がやってきた。ハムレットは、その中の一人に、トロイ落城のくだりを朗唱するように頼んだ。座長役者はトロイ王の死を語り、王妃へキュバの逃げまどう姿を語るうちに、顔面は蒼白となり、目には涙を浮かべ、狂おしい表情を見せるのであった。ハムレットは、心に描く人物をおのれの想像力の働きにゆだね、まるで我がことのように演じる役者に感動し、父の亡霊に誓った復讐は「我がこと」なのに、なにひとつ行動できない自分を責める。そして、亡霊の語った真偽を確かめるために、旅役者に「ゴンザーゴー殺し」を王の前で演じさせようとするのだった。ハムレットは、芝居の中に、亡霊が語った王殺しの台詞を加えさせ、役者たちにこのように語るのだった。

芝居というものは、昔もいまも、いわば自然に対して鏡をかかげ、善はその美点を、悪はその愚かさを示し、時代の様相をあるがままにくっきりとうつし出すことを目指しているのだ。
（三幕二場）

ハムレットのいう、「自然に対して鏡をかかげ」る芝居とは、虚構のはずの芝居が自然を写す鏡となって、実際には目に見えないものを見ることが可能となり、一つの真実を把握することができるというものである。

そして、こののちに、四百数十年の間、何度もくり返されたであろう、あせることのないあの有名な一句、“To be, or not to be, that is the question.”からはじまるハムレットの独白となる。ハムレットは、母の不義を嘆き、自殺を遂げたいと思うほど煩悶しているところへ、亡霊から父が叔父に殺されたと告げられ、父の亡霊に復讐を誓うが、亡霊の存在を信じることに深い疑念を抱いてもいる。

"To be, or not to be, that is the question." にはたくさんの邦訳がある（章末に一覧）。青春時代に読んだ大山俊一訳（旺文社文庫）の『ハムレット』には、一九六〇年の安保闘争の息吹が感じられたが、それぞれの訳には時代が反映されているように思う。ここでは、最も美しい日本語で書かれている（と確信している）小田島雄志訳を全文紹介する。

このままでいいのか、いけないのか、それが問題だ。
どちらが立派な生き方か、このまま心のうちに
暴虐な運命の矢弾をじっと耐えしのぶことか、
それとも寄せてくる怒涛の苦難に敢然と立ちむかい、
闘ってそれに終止符をうつことか。死ぬ、眠る、
それだけだ。眠ることによって終止符はうてる、
心の悩みにも、肉体につきまとう

かずかずの苦しみにも。それこそ願ってもない
終りではないか。死ぬ、眠る、
眠る、おそらくは夢を見る。そこだ、つまづくのは。
この世のわずらいからかろうじてのがれ、
永の眠りにつき、そこでどんな夢を見る？
それがあるからためらうのだ、それを思うから
苦しい人生をいつまでも長びかすのだ。
でなければだれがまんするか、世間の鞭うつ非難、
権力者の無法な行為、おごるものの侮蔑、
さげすまれた恋の痛み、裁判のひきのばし、
役人どもの横柄さ、りっぱな人物が
くだらぬやつ相手にじっとしのぶ屈辱、
このような重荷をだれがまんするか、この世から
短剣のただ一突きでのがれることができるのに。
つらい人生をうめきながら汗水流して歩むのも、

ただ死後にくるものを恐れるためだ。
死後の世界は未知の国だ、旅立ったものは一人として
もどったためしがない。それで決心がにぶるのだ、
見も知らぬあの世の苦労に飛びこむよりは、
慣れたこの世のわずらいをがまんしようと思うのだ。
このようにもの思う心がわれわれを臆病にする、
このように決意のもって生まれた血の色が
分別の病み蒼ざめた塗料にぬりつぶされる、
そして、生死にかかわるほどの大事業も
そのためにいつしか進むべき道を失い、
行動をおこすにいたらず終わる――待て、
美しいオフィーリアだ。おお、森の妖精、その祈りのなかに
この身の罪の許しも。

（三幕一場）

"To be, or not to be, that is the question." ――この独白をどのように訳すか、識者たちの

意見はさまざまだが、ここは生か、死かという重い解釈ではなく、「このままでいいのか、いけないのか、それが問題だ」（小田島雄志訳）や「これでよいのか、いけないのか、どうしたらよい」（小菅隼人訳）という訳がふさわしいと思う。しかし、ハムレットには、「このままでいいのか」の意味するものが的確にはわかっていない。わからないから、「暴虐な運命の矢弾をじっと耐えしのぶ」とは、父を殺したかもしれぬ叔父、父殺しに関与したかもしれぬ母にじっとこらえるのか、それとも武器をとって「終止符をうつことか」――この武器はだれに向けられているのか。

決して、復讐のための武器ではない。

なぜなら、役者たちに「ゴンザーゴー殺し」を演じさせ、叔父を罠にかけようとしている直前に、このような復讐心をもち、深刻な思いに至ることはないだろうと考えるからである。それに、ハムレットは「死後の世界は未知の国だ、旅立ったものは一人としてもどったためしがない」と独白している。亡霊がもどることなど信じることができないのだ。武器はハムレット自らに向けられたもので、つまり、自殺を意味するのではないだろうか。そして、もし自殺を選んだとしたら、死後はどうなるのか、その一点でハムレットは呻吟する。肉体の消滅とともに一切は空に帰するのか、神は、天国は存在するのか？　ハムレットの思考は、この一点に集中する。

思考は倫理的、哲学的、宗教的だ。それなのに、「暴虐な運命の矢弾」とか「怒涛の苦難に敢然と立ちむかい」などの大仰な表現はどこからでてくるのだろうか。亡霊の存否、父親暗殺の真偽、母親の再婚に加え、その母が父殺しの共犯の疑い、囮《おとり》となったオフィーリアの裏切りなど、何重にも降りかかり、追いつめられたハムレットの心理状態を表現しているもので、ハムレットの荒くせわしい〝呼吸と鼓動〟でしかないのではないだろうか。だから、ハムレットの思考は堂々めぐりで、解決へ向かう兆しはみえないのだ。多くの識者がこの独白からハムレットの復讐の意識を読みとっているが、どうにも合点がいかない。半面、多くの識者は、この独白に秘められている母ガートルードとの関りについては、あまり語らない。

しかし、それでいいのか、大いなる疑問だ。

時系列・時空間で捉えようとするならば、ハムレットの胸中には母の存在が大きく、この母のせいで「自殺を罪として禁じたもう神の掟がなければ」、露と消えてしまってもいいほどの苦しみを抱いており、亡霊の命ずるように復讐に走ったものの、もし、亡霊が悪魔だったら魂は地獄落ちかもしれないのだから、この時点でハムレットは叔父の復讐を決意してはいない、と考えられる。ハムレットを惑わし、自殺まで思いつめさせているのはガートルードだ。ガートルードこそ、劇全編を通してハムレットを錯乱させている人物だ。ハムレットの悲しみは、父の死よりもむしろ母の再婚にある。母への不信は女性全体に対する不信となり、オフィーリアとの関係にも暗い影響を及ぼし、彼女が狂気に至る主要な要因の一つともなっていくのである。

しかし、『ハムレット』をこのように時系列に立脚したリアリズムで解釈しようとするならば、手厳しい反論がまちかまえている。

河合祥一郎は、エリザベス朝文化を代表する「歪みのある絵」を例にあげ、その歪曲した描き方が『ハムレット』にも投影し、〝どこでもない時空間〟をつくりあげているのではないかと指摘する。

ハムレットが独白している時空間は、いわば観客の心の中にしか存在しない――つまり、独白は具体的な場所や時間を占めない。〝どこでもない時空間〟でおこなわれている――のであり、時間の順序を考えること自体、おかしいのである……リアリズムにもとづく疑問を提出すべきではない。事実の〈歪み〉そのものを問題とするより、〈歪み〉さえも利用した表象のあり方に注目し、そこにシェイクスピア的表象の特徴があることを積極的に評価すべきであろう。

（『謎解き「ハムレット」』120－121ページ）

河合の指摘をうけ、「〈歪み〉さえも利用した」例をあげよう。これも母ガートルードの疑惑に関することである。

“To be, or not to be, that is the question.”のハムレット独白後の夜、国王、王妃の前で「ゴンザーゴー殺し」が上演された。

劇中の王が午睡をとり、悪漢がしのび寄って、その耳に毒液が注がれる場面になった時、クローディアスはいたたまれず席を立ち、「あかりをもて、あかりを」と言って立ち去るが、彼は芝居が始まってからすぐに、「筋書きは聞いているのか？　さしさわりはないだろうな？」とハムレットに尋ね、ハムレットは「陛下はじめ、われら一同、潔白な身の上、さしさわりはありません。脛に傷もつ馬こそ跳ねよ、傷のない身にきづかい無用」とこたえている。このやりとりだけでも、王とハムレット、二人が互いの腹を探り合っていることはよくわかる。

「芝居」という鏡は、クローディアスの兄殺しの真実を映し出したのである。同時に、ハムレットの真の姿もまた芝居という鏡に映し出されたのだった。鏡を通して相手を見たことで、ハムレットは父殺しの主犯をつきとめ、クローディアスはハムレットの目的をつかみ、これ以後、彼はハムレット殺害を企てることになる。

しかし、鏡は二人だけのものではなかった。王妃ガードルードの姿もしっかりと映し出していたのだった（いままで、このことに気づかなかった。『ハムレット』を観劇していて、ガードルード役の浅野ゆう子、夏木マリ、高橋恵子などの美しさに惑わされてしまって、その姿に「悪」を感じることはなかった）。

クローディアスが席を立ったときに、王妃は「どうなさいました？」と何もなかったかのように訊ねる。あまりにも不自然だ。この不自然さは夫殺しに黒く影を落としている。この劇中劇「ゴンザーゴー殺し」に登場する王妃へキュバはガードルードとは全く正反対の人物として描かれている。

劇中の国王　いや、そなたに先立つのも遠い先のことではない。
心身ともに衰え行くのがなによりも証、

わが命運もつきはてた。そなたはこの世の残り、
人々の敬愛を受けるがよい。さらにわが身に劣らぬ
よき人を夫に迎え――

劇中の王妃　なにを仰せになります。
そのような愛はわが胸を裏切るもの、
二夫にまみえるよりは地獄に堕ちとう存じます。
最初の夫を殺すようなもののみ二度目の夫を迎えるのです。

ハムレット　にがいぞ、にがいぞ、いまのことばは。

劇中の王妃　ふたたび夫を迎える心は、卑しい利欲に
動かされたのでなくてなんでしょう。そのなかには
愛のかけらもございません。二度目の夫に抱かれ
口づけを許すは、亡き夫をもう一度殺すも同然。

（三幕二場）

王妃ガートルードは、劇中の王妃が語るこれらの誓いに、一片の動揺も感じていない。いや感じていてもハムレットの前だから我慢しているのかもしれない。この時、ハムレッ

トは〝なんと、冷徹なる女！〟と叫びたかったかも知れない。彼女の平然さに憤怒で身を震わせ、後にガートルードの居室で彼女と対面したときに爆発することになる。それぱかりではなく、居間の垂れ幕に隠れていたポローニアスを殺してしまう。ここでの二人の会話は、極めて重要で多くの識者は、ガートルードが夫を殺していない〝無罪の根拠〟としている。しかし、本書はその立場をとらない。

王妃　なんとむごいことを。
ハムレット　むごいこと！　なるほどそのとおりだ、母上、
　王を殺して、その弟と結婚するにも劣らぬひどさだ。
王妃　王を殺して？
ハムレット　（略）
王妃　私がなにをしたというのです、
　おまえにそのような口のきき方をされるとは？
（三幕四場）

「王を殺して？」、「そのような口のきき方をされるとは？」と妃が疑問形で語り、何

のことか知らないというような素振りを見せたからといって、それがそのまま潔白の証とするのには大きな疑問が残る。父ポローニアスを殺されたレアティーズが「父を返せ！」と叫び、宮廷にのりこんできたときも、オフィーリアとのかかわりにおいても、ガートルードはあまりにも平然としていて多くを語ることがない。この不自然さは、劇中の王妃の夫への愛、誓いの場とは極めて対照的である。

シェイクスピアは、二人の王妃を合わせ鏡にして、私たちに王妃の謎（罪）を解き明かすことを迫ったのかもしれない。それはまた、ハムレットのいう芝居とは、自然を、あるいは人間社会の現実をありのままに写すというリアリズムを越えた、ある真実をもとらえるものなのだ。

ハムレットの言動には、時として我を忘れ、激情に駆られ、そして強い思い込みがあり、にわかに信じがたい面もあるが、彼は叔父クローディアスよりも、母ガートルードを復讐の対象としていたのではないか――このロジックは十分に成立すると考える。

＊　＊　＊

『ハムレット』に関する本ほど夥しい数はないといわれる。〝それらの本をすべて読もうとすれば、他の本を読む暇はまったくなくなる。『ハムレット』そのものを読む暇も〟、とのジョークがあるくらいだ。最終的に「これが真の『ハムレット』論！」というものはなく、これからも時代の影響を受けながら、さまざまなハムレットの姿が描かれることであろう。

ところで、河合祥一郎は冒頭の一行を「生きるべきか、死ぬべきか、それが問題だ」と訳した理由を次のように述べている。

……私の訳では初めて、最も人口に膾炙しているものの、驚くべきことになぜかこれまで一度も戯曲の翻訳では使われたことのなかった、「生きるべきか、死ぬべきか」という言い回しを選んでみました。演劇的効果という点でも、ここは観客が『待ってました！』となる有名な場面なので、耳慣れない言葉よりもみんな知っている言葉が出てきたほうが、インパクトがあるのではないかと思ったからです。

（『シェイクスピア　ハムレット』（一〇〇分de名著、47ページ）

人口に膾炙しているからというのだから、なんともうれしくなってしまう。シェイクスピア作品を一言一句に精魂込めて研究をつづけ、世界のシェイクスピア研究の最前線に立つ彼の、なんと気の抜けるような理由に、フッと肩の力が抜けた。いい意味で……。『ハムレット』は読んで楽しめばいい。芝居を観て楽しめばいい。それから先のことは、「雀一羽落ちるのも神の摂理」（『ハムレット』）……。

なぜ、ハムレットは復讐にむかわないのか――ひとつの仮説

復讐の好機はあった。

クローディアスが罪の重荷に絶えかね、天に許しを乞い祈っていたときだ。ハムレットは剣を抜いたが事に及ぶことはなかった。ハムレットは、たとえ叔父を殺し、肉体は滅んだとしても、魂は天国で生き残ることになり、復讐にはならず、「これではやとわれ仕事だ」と考えるの

祈りの場（ウジェーヌ・ドラクロワ画）

だった。さらに、亡霊が父の姿をした悪魔であったならば、ハムレットは地獄に落ちることとなる。だからこそ、ハムレットは役者の演じる「ゴンザーゴー殺し」という鏡に、クローディアスと母の姿を映し出し、二人が父王殺しの共犯者であることの確信を得たのだった。しかし、ハムレットは、このままではいけないと自省するものの、ほんとうに復讐を果そうという具体的な行動をとることはない。復讐はことばだけで、本心は復讐の決意そのものがなかったのではないか、そんな気さえしてくるのである。

シェイクスピアの生きた十六世紀から十七世紀は、時代の制約とペストの流行下で「多産多死」の時代であった。生を受けながらも、自分がいついかなる運命によって死に陥るか、恐怖と不安は尽きず、人びとを重苦しい状況に追い込んでいたに違いない。乳幼児期であれ少年期であれ、生きていることの絶頂期の青年期であれ、老年期に達していようがいまいが、今日の生命《いのち》が明日へとつづく保障はどこにもなかった。ハムレットの復讐の遅れ――その理由を考える一つに、シェイクスピアが疫病（ペスト）の時代に生き抜いたが故の、彼なりの死に直結する復讐へのためらいがあったのではないかと思う。

ジェムズ・シャピロによれば、シェイクスピアと同時代に生きた劇作家トマス・デガー（一五七二頃―一六三二）は、『驚異の年』という小冊子のなかで、感染して自宅に閉じ込められる恐怖を次のように描いている。

がらんと静かな死体安置所に毎晩閉じ込められるのは、なんたる拷問か。ぶらさがったランプがぼうっと、何もない隅をチラチラ照らし出して、かえって不気味だ。床には緑の藺草《いぐさ》ではなく、枯れたローズマリー、しなびたヒアシンス、不吉なイトスギや悲しみのイチイの葉が敷かれ、そこに死者の骨が山のように混ざっている。自分の実の父親の肉のない胸骨があちらに横たわっているかと思えば、こちらには自分を生んでくれた母親の顎が落ちて中が空になった頭蓋骨が落ちている。あたりには一千もの死体がある。経帷子《きょうかたびら》に縛られて直立しているものもあれば、腐った棺桶のなかでなかば朽ちたものもあり、その棺桶が不意にがらりと開いて、悪臭が鼻をつく。目に見えるのは這い回る蛆虫だけだ。聞こえてくるのは蝦蟇《がま》や梟の鳴き声やマンドレイクの悲鳴ばかりで、眠ることすらできやしない。これは地獄の牢ではないか。

（『「リア王」の時代　一六〇六年のシェイクスピア』、44－45ページ）

『ハムレット』の推定執筆年は一六〇〇年、シェイクスピア三十六歳のときの作品である。平均寿命が四十代半ばという時代に、シェイクスピアにはもはや執筆のための歳月はあまり残されていないとわかっていたであろう。彼の両親は案外長生きしたが四人の姉妹のうち成人したのは一人だけで、三人の弟たちのうち四十代まで生きたのも一人だけだった。シェイクスピア自身も長男ハムネットを十一歳で亡くしている。シェイクスピアをはじめ人々は、ペスト時代のなかで生と死が背中合わせの日々をくぐり抜けながら過ごしたであろう。死とは何か、生とは何かという問いは、シェイクスピア自身の胸のなかで激しく駆けめぐったことだろう。復讐心をもちつづけることについても……。

“TO be, or not to be, that is the question.”の邦訳一覧

アリマス、アリマセン、アレワナンデスカ（チャールズ・ワーグマン・一八七四年）

死ぬるが増か生くるが増か、思案をするはこゝぞかし（外山正一・一八八二年）

ながらふべきか但し又、ながらふべきに非るか、爰《ここ》が思案のしどころぞ（矢田部良吉・一八八二年）

死のか、死のまいか、一思案（岩野泡鳴、一八九四年）

第一、生きて居るか、死なうという事を考へる（土肥春曙・山岸荷葉・一九〇三年）

定め難きは生死の分別（戸澤正保、一九〇五年）
生か死か、其の位置を撰ばんには（山岸荷葉・一九〇七年）
存ふか、存へぬか、それが疑問ぢゃ（坪内逍遥・一九〇七年）
生くるがましか死ぬるがましか、嗚呼どうしたものか（外山正一・一九〇九年）
存ふる、存へぬ、其処が問題だ（村上静人・一九一四年）
生か死か……それが問題だ（久米正雄・一九一五年）
生きてゐようか、ゐまいか、それが問題だ（坪内士行・一九一八年）
生きてゐようか、生きてゐまいか、それが問題だ（高原延雄・一九二七年）
生きていくか、生きていくまいか、それが問題だ――（甫木山茂・一九二七年）
存らふべきか、それとも、存らふべきでないか、問題はそれだ（横山有策・一九二九年）
生きる、生きない、それが問題だ――（佐藤篤二・一九二九年）
あるべきか、あるべきでないか、それが疑問だ（本多顕彰・一九三三年）
世に在る、世に在らぬ、それが問題ぢゃ（坪内逍遥・一九三三年）
どっち　だろうか。――さあ　そこが　疑問、（浦口文治・一九三四年）
生、それとも死。問題は其處《そこ》だ（沢村寅二郎・一九三五年）
生き存らふべきか、死ぬべきか、それが問題である……（鈴木善太郎・一九四六年）
生きるか、死ぬか、問題はそこだ（森芳介・一九四七年）
生きてゐるか、生きてゐないか、それが問題だ（竹友藻風・一九四九年）
長らうべきか、死すべきか、それは疑問だ（本多顕彰・一九四九年）

生きるか、死ぬか、そこが問題なのだ（市河三喜・松浦嘉一・一九四九年）
生きているのか、生きていないのか、それが疑問だ（並河亮・一九五〇年）
生か、死か、それが疑問だ（福田恆存・一九五五年）
生きる、死ぬ、それが問題だ（三神勲、一九五九年）
生きるか、死ぬか、心がきまらぬ（鈴木幸夫・一九六〇年）
在るか、それとも在らぬか、それが問題だ（大山俊一・一九六六年）
やる、やらぬ、それが問題だ（小津次郎・一九六六年）
生きるのか、生きないのか、問題はそこだ（永川玲二・一九六九年）
生き続ける、生き続けない、それがむずかしいところだ（木下順二・一九七一年）
存在か、それとも無か、それが問題だ（岩崎宗治・一九七五年）
俺とはこんな俺なのか、別の俺はいないのか。それが問題だ（関曠野・一九八三年）
このままでいいのか、いけないのか、それが問題だ（小田島雄志・一九七二年）
生か死か、問題はそれだ（安西徹雄・一九八三年）
このまま生きる、それとも死ぬ、問題はそこだ（渡邊守章・一九九〇年）
するか、しないか、それが問題だ（高橋康也・一九九二年）
生きてとどまるか、消えてなくなるか、それが問題だ（松岡和子・一九九六年）
生きるのか、生きないのか、問題はそこだ（永川玲二・一九九八年）
これでよいのか、いけないのか、どうしたらよい（小菅隼人・二〇〇〇年）
生きるか、死ぬか、それが問題だ（野島秀勝・二〇〇二年）

生きるべきか、死ぬべきか、それが問題だ（河合祥一郎・二〇〇三年）
存在することの是非、それが問題として突きつけられている（大場健治・二〇一〇年）
＊この翻訳は、主に河合祥一郎『新訳　ハムレット』の「訳者あとがき」などを参考に作成した。

【参考文献等】

・河合祥一郎『シェイクスピア　ハムレット』（一〇〇分de名著、NHK出版）
・河合祥一郎『謎解き「ハムレット」――名作のあかし』、三陸書房
・河合祥一郎『新訳　ハムレット』、角川文庫
・河合祥一郎　講演「コロナ時代の生き方をシェイクスピアに学ぶ」（鹿児島国際大学国際文化学部主催・二〇二一年一月九日、オンライン講演会）
・小菅隼人「シェイクスピア時代の〈相対主義的想像力〉について：伝統的宇宙像と演劇的世界観の融合と相克」、（慶應義塾大学アート・センター Booklet vol.22）
・ジェムズ・シャピロ『「リア王」の時代　一六〇六年のシェイクスピア』、河合祥一郎訳、白水社

5

『夏の夜の夢』*A Midsummer Night's Dream*

妖精が舞う森は、夢が現実となる場

推定執筆年一五九五〜六年、初版一六〇〇年

ストーリー

アテネの公爵シーシュースとアマゾンの女王ヒポリタの結婚式が四日後に迫っている。だが、家臣イージアスは頭をかかえている。娘ハーミアをディミートリアスに嫁がせたいと思っているが、娘はライサンダーを愛している、というのだ。ハーミアには二人の青年、ライサンダーとディミートリアスが求愛しているのだ。そしてディミートリアスに一方的に恋焦がれているヘレナがいる。

イージアスは公爵に、親の決めた相手と結婚するよう、公爵に命じてほしいと願い出る。親の決めた結婚相手を拒めば、修道院行きか、死刑のどちらかだと、公爵から命じられたハーミアは、ライサンダーと駆け落ちをしようとアテネの森へ逃げる。

ディミートリアスに恋焦がれているヘレナも彼の後を追って森へ行く。妖精たちが支配する森では、妖精の王オベロンと女王タイテーニアの二人がインドから連れてきた小姓をめぐって喧嘩の最中であった。王は、いたずら者の妖精パックに命じて、惚れ薬「恋の三色スミレ」を女王の目に注ぎ、その混乱に乗じて小姓を取り戻そうと企んでいる。このスミレの花には、眠っている間にその花汁を瞼に垂らされた者は、目を覚まして最初に見たものに夢中になるという魔力があるといわれている。

ディミートリアスに森で置いてきぼりにされたヘレナに同情した王は、花汁を一滴男の瞼に垂らすようパックに命じる。パックは、間違えてライサンダーの目に一滴垂らしてしまう。ライサンダーが目を覚ましたとき、そこにいたのはヘレナだった。こうして四人の男女は愛する相手が入れ替わるという大混乱に陥る。また女王もパックによって花汁を瞼に垂らされる。女王が目を覚まして最初に見たものは、森で結婚式の余

夏の夜の夢（シェイクスピア・グローブ座）

興の芝居の稽古をしていた職人で、パックに頭をロバに変えられたボトムだ。二人は枕を共にすることになる。

全員、惚れ薬の魔力がとかれると、王と女王は仲直りをする。ハーミアとライサンダー、ヘレナとディミートリアスの二組の恋人たちは不思議な体験をしたことを語り、愛を確かめあう。アテネ公爵は婚礼の日を迎え、その席上で職人たちによる余興の芝居を見る。この余興は、あまりにも拙く、荒唐無稽なドタバタ劇だ。それがかえって楽しく感じられる。こうして夜は更け、王と女王、二組の恋人たちが寝室へと消えると、妖精たちが登場して結婚を祝福する。

「夏の夜……」なのに、六月の夏至祭のはなし

『夏の夜の夢』は、一五九五年から九六年に作られたとされる喜劇である。原題は「夏の夜」であるが、ここでいう夏とは、キリスト教のヨハネ祭が行われる六月二四日の前夜の夏至祭を指していて、暑い時季ではない。昔は季節が夏秋冬の三つしかなく春は夏に含まれ、その夏は三月に始まった。夏至祭は長く暗い冬が去り、緑豊かな季節がやっ

てきたことを祝う行事である。その日には妖精たちが水辺に集まって宴を催すと信じられ、人々は前夜から篝火《かがりび》を囲んで踊り、酒を飲んで日の出を迎えたのであった。その羽目の外しぶりはまるで「夏至祭の狂気の沙汰（ミッドサマー・マッドネス）」ともいわれるくらいだ。

とりわけ人々の心をひきつけているのは、六月という季節だ。特にイギリスの人々にとって六月は四季のなかでいちばん輝いている季節なのである。朝夕の闇が短く、雨も去り、そして、花が咲き、深まる緑、木々は枝を広げ実をつける。野の鳥がさえずる。六月こそ、最も美しい。若い男女は森の中へ出かけ、花や薬草を摘み、恋の成就や五穀豊穣を祈願して祝う。このとき摘んだ花や薬草には不思議な効能があると言われていた。人々の六月への愛情や、民間伝承への信仰がこめられている。

恋するものと気ちがいはともに頭が煮えたぎり、
ありもしない幻を創り出すのだ、そのために
冷静な理性では思いもよらぬことを考えつく。

（五幕一場）

『夏の夜の夢』には、互いに恋い慕う二組の男女や森の妖精たちが恋するが故に、ありもしない幻を創り出すという滑稽な物語が情感ゆたかに描かれている。それはシェイクスピアの人間賛歌と人間の描き方の明らかな深化といわれているが、ここには当時のペストの流行も大きな影響を及ぼしていた。一五九二年から九四年までの間、ペストが流行したために、ロンドンの劇場は閉鎖された。ペストで毎日のように人々が亡くなるという現実を目の当たりにして、シェイクスピアは、この作品の中に、生きることのよろこび、人々への視線のやさしさ、自然の賛美を抒情ゆたかに反映させたのではないだろうか。あらゆるものに、生命のたしかさを確認し、生命に対する温かな視線が満ち溢れているように思う。

愛は理性を砕く――気まぐれと怪しげな想像力

ギリシャのアテネで、公爵シーシュースとアマゾンの女王ヒポリタとの婚礼の準備が行われている。その宮殿においてイージーアスは、娘ハーミアが自分の決めた結婚相手ディミートリアスに背を向け、ライサンダーと恋仲になったことを公爵に訴え出る。

もしも娘が、公爵のご前で、私の選びました
ディミートリアスとの結婚に同意しないときは、
古くからのアテネの特権を私にお許しください、
娘は私のものですから、私に処分させてください。
つまり、このような場合にあきらかに適用される
アテネの法律に従って、娘にはこの若者か、
それとも死か、いずれかを選ばせたいと思います。
（一幕一場）

「娘は私のものです」と言うイージーアスを後押しするのが、アテネ公爵のシーシュース。彼はハーミアに言う。

どうだな？　ハーミア？　よく考えるのだぞ、
おまえにとっておまえの父親はいわば神だ、
おまえの美しさをお作りになったかただ、そう、

その神に対しておまえは蝋人形にすぎぬ、
いまのおまえの姿を型どったのもその神であるし、
それをそのままにしておくのもこわすのも意のままだ。

（一幕一場）

アテネの法律によれば父親の命に背いた娘は、死刑になるか、僧院で尼として一生を送るか、のどちらかになる。父親の命に従ってディミートリアスと結婚するか、それともこれら二つの罰のいずれかを選ぶか、四日後の新月の夜までに決めよ、とシーシュースは言う。四日後とはシーシュースとアマゾンの女王ヒポリタの婚礼の日でもある。

なんと無慈悲なことであろうか。

ハーミアは「まことの恋がつねに妨げられるのであれば、私たちの苦しむ心に忍耐を教えましょう」と嘆くのみであった。

別れられないハーミアとライサンダーは、アテネの法律が及ばない他国に駆け落ちすることを決心して、アテネ郊外の森の中で落ち合う約束をする。ディミートリアスはかつて愛したヘレナを捨てて、今恋するハーミアを追う。ヘレナはディミートリアスの愛を取り戻そうとしている。四人の若者たちは、それぞれの想いを抱きながら森へ行く。

ディミートリアスは、ハーミアに対する平常心を失っていく。彼は森へ入っていくことでより攻撃的になり、ライサンダーを殺してでもハーミアを奪いたいという狂気に駆られていく。また、ヘレナは自分の好きな人に殺されるのなら本望というほどディミートリアスに異常な執着を示している。「男は恋ゆえに戦うものだけど、女にはそれができない、女は愛を求められるもので、求めることはできない」——彼らが迷い込んだのは、男女の関係を逆転させてしまう森だ。そこは、アテネの町のように階位秩序を重んじる人々にとっては、秩序を破壊する恐怖の森なのである。

そこはまた妖精たちが住む森でもある。

すっかり夜になり、月の光に誘われて妖精たちが動き出す。この森には、妖精の王オーベロンとその妃タイテーニアがいるが、二人は仲たがいをしている。タイテーニアが連れてきたインドの小姓を、自分によこせ、いやだ、という奪い合いをしている最中なのだ。タイテーニアのかわいがる小姓を欲しくてたまらないオーベロンは、妖精パックの手を借りて一計を案じる。オーベロンは妃が何かの動物に夢中になって、小姓から気持ちがはなれるように眠っている妃の目に惚れ薬を垂らすことを企んでいるのだった。惚れ薬とは、オーベロンがパックに摘ませた「恋の三色スミレ」と呼ばれている花で、眠っている間にその花汁を瞼に垂らされた者は、目を覚まして最初に見たものに夢中になるという魔力をもつといわれている。

人間には見えないオーベロンがパックの帰りを待っているところに、ディミートリアスとヘレナがやってきた。「きみなんか愛していないんだ、さあ、帰ってくれ」、「そういわれるとますますあなたを愛してしまうの」と、二人の愛の礫が飛び交う様子を目撃したオーベロンはヘレナを哀れに思い、パックに、折をみてその汁をディミートリアスの目に垂らすように命じる。ところがパックは、ディミートリアスと間違えて、眠っているライサンダーの目に花汁を垂らしてしまう。そこへディミートリアスを追いかけてヘレナがやってくる。さらに逃げるディミートリアスを追い切れずに、ヘレナはまわりに目を移すと眠っているライサンダーに気づき、不審に思って揺り起こすのだった。目を覚ましたライサンダーは、瞬時にヘレナに求愛する。

ハーミアではない、ヘレナだ、僕が愛するのは、
当然だろう、黒いカラスを白い鳩ととりかえるのは。
男の欲望は本来理性によって支配されるのだ、

そしてきみのほうがりっぱだとその理性が言うのだ。
すべては時がくるまで熟さない、ぼくもそうだった、
若かったので理性をもつほど熟していなかった。
だがいまは人間としての分別をもつにいたり、
ようやく理性がぼくの欲望の支配者となり、
ぼくをきみの目に導いてくれる、その美しい愛の書物に
記された愛の物語をぼくが読みとれるように。

（二幕二場）

「男の欲望は本来理性によって支配されるのだ」――一見、真実に思えるライサンダーの言葉は、ハーミアからヘレナに恋心がかわった勝手なライサンダーの屁理屈で、理性などみじんもない。

一方、公爵の結婚式で余興を披露するために、アテネの職人たちが森で芝居の練習をしている。そこへやってきた妖精パックは、あまりの下手さ加減にあきれ、いたずら気分で稽古中の機織り職人ボトムの頭をロバに変えてしまう。それを見た仲間たちは驚いて逃げ出し、ボトムは一人森をさまよう。そこに、眠っているタイテーニアがちょうど

目を覚ます。タイテーニアはこの「化物」にほれこんでしまう。

タイテーニア　あなたの美しさを一目見て私の心はどうしようもなくうちあけ、誓わずにはいられない、あなたを愛すると。

ボトム　いえね、奥さん、理性があればそうおっしゃる理由はあんまりないと思うがね。が、まあ、正直な話、理性と愛とはこのごろあんまり仲がよくないらしい。

（三幕一場）

「理性があればそうおっしゃる理由はあんまりないと思うがね」とのボトムの言葉は、さきほどのライサンダーの理性と愛の〝関係〟とは逆で、理性が愛を支配するというものだ。愛や恋というものはそもそも神秘なもの、理性などはあり

タイテーニアとボトム
（ヨハン・ハインリヒ・フュースリー版画）

ませんよ、というのが人間や妖精、ロバは人間よりも冷静で理性がある？
だが、若者たちはパックが人違いしたために大混乱、どうも理性的にものごとは運ばない。ハーミアは、すがりつくディミートリアスを突き放し、ライサンダーを探し求めて走り去ってしまう。ディミートリアスは疲れて横になり、ひと眠り。オーベロンは「とんでもないまちがいをしでかしたな」とパックを叱りつけ、すぐにヘレナをおびき寄せるよう命じてから、デーミィトリアスの瞼に花の汁を垂らすのだった。

申し上げます、王様に、
ヘレナがきました、すぐそこに。
例の男もいっしょです、
口づけせがんで賢明です。
芝居見物としゃれましょう、
人間ってなんてばかなんでしょう！
（三幕二場）

ライサンダーがヘレナへの愛を強制する声に目を覚ましたデーミィトリアスは、ヘレナを見ると「おお、ヘレナ、女神」と理性もヘチマもなく、くどくのだった。こうして二人の男たちはヘレナを追いかけ始めるのである。ヘレナはからかわれ、馬鹿にされていると思い込む。一方、ハーミアは求婚者二人とも自分に冷たくなったことに驚き、ヘレナを泥棒猫呼ばわりして、取っ組み合いの喧嘩を始めてしまう。パックは王にいわれて、恋人たちの仲をうまくとりまとめるために、ライサンダーの瞼に花の汁を一滴垂らし、相手をとり違えしている恋人たちが目をさました時に、ふさわしい相手を選ぶように仕向け、恋の迷いを解くことにする。

森の中では女王タイテーニアがロバ頭のボトムに夢中になり、仲睦まじく過ごしている。小姓を手に入れたオーベロンは、それを見てかわいそうになり、彼女がボトムを抱いて眠り込むと花汁の効力で元に戻す。目を覚ました彼女は不思議な夢から覚めたと思った。パックは眠っているボトムからロバの頭を外すのだった。

朝を迎え、そこへ、狩りに来た公爵の一行が通りかかり、若者たちが寝ているのに気づく。角笛で起こされた四人は夢を見たことを語り合う。ディミートリアスはハーミアへの愛は消え、ヘレナへの愛が昔のように戻ってきたという。そこでシーシュースは父親イージアスの意向を無視して、この二組の男女の結婚を認め、自分たちの婚礼の日に、この二組も式を挙げるよう取りはからうことにする。職人たちの芝居の稽古はボトムが戻ってきたことで、再び活気づくことになる。

いよいよ三組の結婚式の夜、晩餐がすみ、夜を迎えるまでの一時、余興のひとつにボトムたちの劇が行われる。出し物は、「若きピラマスとその恋人シスビーの冗漫にして簡潔な一場、刺激的滑稽劇」という悲劇だ。悲劇ながらもあまりの拙さとばかばかしさが、かえって人をひきつけ、笑いのうちに楽しく終わる。こうして夜は更け、新婚夫婦を祝福する妖精の王と女王がシーシュースの子孫のしあわせを祈るのだった。

「存在の鎖」に対するシェイクスピアの批判精神

愛は理性によって支配されるか、否か？　シェイクスピアは愛をめぐるコメディーを妖精の力もかりながらユーモラスに描いている。その捉え方は一つの視点からではなく、複眼的に捉えているところに特徴がある。そのような多面体こそ人間そのものの姿であり、作品のいろいろな見方も可能になるのだろう。

アテネは分別、理性、法、秩序により支配されている都市国家であるが、親子は対立し、若者たちの恋愛は妨げられ、人々の欲求は抑圧されている。秩序は形式化しており理想的な社会とはいいがたい。この状況に対して、ライサンダーとハーミアはアテネの法律が及ばない、自由な所へ逃げ出すことを決意する。この作品は、森の情景や妖精が飛び交う美しい舞台ではあるが、そこにはこうした動かしがたい暗い一面があることも見過ごすことはできない。

イージーアスは娘のハーミアに対して "She is mine." と言い、所有物とみなしている。そして父親の意志に逆らえば、死刑か、一生独身かを選択せよと、公爵はハーミアに迫った。喜劇でありながら、この悲劇的要素はどのようにしてもたらされるのか。それはエリザベス朝の「存在の鎖」にある。

これは当時のエリザベス朝の人々が中世から継承した世界観であった。すなわち、宇宙には秩序があるとする世界観である。宇宙には神の支配する大秩序があり、人間界には国王を頂点とする秩序があり、さらに動物界、植物界にもそれぞれの秩序があって、それ等の秩序が相互に連関しながら大きい一つの組織を構成しているというのである。すべての創造物がこの「存在の鎖」に連結されて、それぞれ独自の地位を占めているという考えであった。そして、もしこの秩序が覆されるならば、どのような災禍や混沌が襲ってくるかも知れない、それが当時の世界観であった。

したがって、父イージーアスと娘ハーミアの関係は、階位構造ともいえる小さな秩序そのものであった。この小さな関係を壊したり、下位の者が公爵に逆らうことや、あるいは森の中での妖精の王オーベロンとその妃タイテーニアのいさかいなどは、秩序が覆されることにつながることであった。その結果、自然はどうなってしまうのか？　妃タイテーニアは語る。

小さな川は思いあがり、堤を破り、
いたるところで氾濫し、水びたしにしてしまう。
おかげでせいいっぱい頸木《くびき》を引いた牛もむだぼね、
汗水流した百姓もむだ働き、緑の麦はまだ
穂も出そろわぬ嬰児《みどりご》のまま立ち腐れ、
泥海と化した野原にはからの羊小屋がとり残され、
カラスばかりが羊の屍に群がって肥えふとる。
モリス遊びのために芝生に切った溝は泥に埋まり、

迷路遊びのこみいった道は、踏む人とてなく、
伸びほうだいに伸びた草でもはや跡形もない。
人間たちは夏だというのに冬の着物を恋しがり、
夏祭りの歌が歌われる夜はどこにもない。
（二幕一場）

しかし、アテネの公爵シーシュースは、最後にこの秩序＝「存在の鎖」を転覆してしまう。親は秩序に従い、自分が決めた者と結ばれることを娘に求めている。親の意に反し、秩序の頂点に立つ公爵がハーミアとライサンダーの結婚を認めることは、階位秩序を否定することで、それ自体、悲劇を呼び起こす要因となる。

物語がハッピーエンドへと向かうことに安堵してしまって、秩序の頂点に立つ公爵が、秩序を乱していることを見落としてしまいそうだが、明らかにここには、公爵の矛盾した言動がある。若い恋人たちの情熱的な愛をよりどころとし、秩序の中に人間を配列することの不合理さを批判するシェイクスピアの意図を感じ取ることができる。

【参考文献】

・宮之原匡子「『夏の夜の夢』——喜びの森——」（桃山学院大学『英米評論』第十四号所収、一九九九）

第Ⅲ章　危機の時代

――シェイクスピアの作品が現代に問うもの

シェイクスピア誕生以後のペストの悲惨な状況

シェイクスピアと同時代の興行師ヘンズロウ（一五五〇―一六一六）が書いた日記には、一五九二年の劇場の様子について、四〇シーリングの入場料収入のことが何度も記録されているが、夏至のころに中断している。九月七日、ロンドン市は疫病令を発動し、上演は全面禁止となる。腺ペストと肺ペストの流行が重なって、最悪の事態が首都を襲ったのである。一五九四年の夏まで、ロンドン市郊外でさえ、劇の上演はほんの短いものしか許されなくなる。

このとき、ロンドンの人口の六分の一が死亡したと推定されている。恐ろしいペストの原因がわからないために、だれもが肉体的、精神的に重圧を感じ、ある者はおそれおののき、ある者は虚勢を張っていた。チープサイドには草が生え、感染者の出た家の戸口には赤い十字の印と「主よ、われらに慈悲を」という銘が掲げられていた。夜には死体運搬人が街を巡回し、死者は簡単な屍衣《シート》にくるまれて大きな穴に放り込まれた。ときに死者や瀕死の重病人から持ち物を奪う「不寝番」や看護人たちがいた。また感染をおそれて都会から逃げ出した罪人たちは、田舎で警吏に締め出しをくった。隔離病院などはなく、多くの人々が野原や、溝や、乾草の上で死んだ。街路で死ぬものもあった。

埋葬記録には身元もわからないまま、「聖《セント》ジョン教会の壁ぎわで死亡した貧しい少年」、「貧しい少女、ケイジで死亡」、「貧しい子供、ベイク夫人の家の前で発見」といった文字が残されている。コーンヒルの聖ピーター教会の教区では、二一歳の娘が発病、結婚式の当日に死亡した。一人の男は自分の生まれた家の戸口で死んだ。最も哀れなのは囚人たちの運命であった。監獄は常に病気の巣窟であったからである。こういう時期には慈善の寄付はなく、餓死する者も多かった。教会では礼拝の最中に、牧師が突然倒れ、次の木曜日には埋葬されることになった。別の牧師は秘跡を終えるまえに倒れ、回復に

1665 年のロンドン大疫病
（エドワード・ヘンリー・コーボールド画）

十三週間かかった。

ペストの薬としては「恩寵の草《ハーブ・オヴ・グレース》」ともよばれるヘンルーダ（ミカン科の常緑小低木）、ローズマリーや玉ねぎ、そして外国産の一角獣《ユニコーン》の角まで用いられた。腺ペストの感染媒体はネズミ、肺ペストは接触感染であったがあまり区別されていなかった。さまざまなインチキ療法に人々は飛びついた。サザックの売春宿はこれまでになく繁盛したが、その近くのローズ座は暗く沈んでいた。俳優たちは家族をロンドンに残して巡業の旅を続けた。多くの劇団は潰れたり合体したり、いつとはなしに消え去った。劇作家も俳優同様散っていった。（『歴史のなかのシェイクスピア』103－105ページ等参照）。

シェイクスピアと同時代のトマス・ナッシュ（一五六七―一六〇一、イギリスの劇作家）は、ペスト禍を生きた自分の経験を綴った『夏の遺言』で次のように書いている。治療法もない当時の人々の絶望的な思いが凝縮されているように思う。

富める者よ。富を信じるな
金は健康を贖《あなが》うことはできぬ。
お医者自身も死なねばならぬ

ものすべて終わらねばならぬ
疫病は足早に通り過ぎる。
　わたしは病む、わたしは死ぬ。
　主よ、われらに慈悲を。

美のいのちは花のいのち
やがて皺に喰いつくされる。
輝きは空から堕ち、
若く美しい妃は死んだ。
塵がヘレンの目を閉じさせた。
　わたしは病む、わたしは死ぬ。
　主よ、われらに慈悲を。

強い力も死には屈す
蛆は勇者の肉を喰らう。

剣も運命相手には勝ち目なく、
大地はいつも大口あけて
来たれ、来たれと葬いの鐘。
　わたしは病む、わたしは死ぬ。
　主よ、われらに慈悲を。

（岩崎宗治、稲生幹雄訳）

十七世紀初頭のロンドン――エリザベス一世の死後（一六〇三年没）、ジェイムズ一世の最初の七年間（一六〇三～一六一〇）は、ペストがロンドンで毎年蔓延した。一六〇五年十月、執拗なペスト流行のため、枢密院はロンドンの劇場を再び閉鎖し、患者を隔離せよとの布告を発した。一六〇六年のロンドンは、最悪の疫病にみまわれた年でもある。七月末から晩秋まで続いたペストは、シェイクスピアの故郷近くまで蔓延した。

ところが、ペスト禍の家族や隣人などのリアルな状況、声などの記録はほとんどない。現在わかっている情報の多くは公的書類、医療文書、ペストについての小冊子、説教、手紙から得たものだ。たとえば、ロンドン在住の、あるスペイン人女性が海外に住む友人に宛てた手紙には、「お伝えすべき新しいことはなにもありませんが、先週の疫病の蔓延はものすごいものでした」（一六〇六年三月上旬）と書き、七月上旬には、「人々は、決して消えない疫病がまた広がり出したと怯えているのです。ロンドンのすてきな特徴の一つですね！」と記している（ジェイムズ・シャピロ『リア王の時代　一六〇六年のシェイクスピア』、368ページ参照）。

　枢密院の記録などは一六六六年のロンドンの大火で焼失したといわれている。しかし、当時の状況を知る手掛かりがまったくないわけではない。サミュエル・ピープス（一六三三〜一七〇三、イギリスの官僚でのちに海軍大臣となる）は、一六六五年にイングランドで起こった歴史上最後の腺ペストの大流行の期間をロンドンで過ごし、日々の暮らしを日記に綴っている。ピープスが生まれたのはシェイクスピアが亡くなって半世紀を経ているが、彼の日記は当時のペストの悲惨な状況や人々の考えを知るうえで貴重な資料である。

　以下は『ピープス氏の秘められた日記――十七世紀イギリス紳士の生活――』からの引用である。

ピープスが初めてペスト流行の噂を耳にしたのは四月三十日のことである。「ここでは皆たいへん疫病のことを心配している。もうすでに二、三件閉鎖された家があるそうだ。神よ、われわれ皆を守り給え。」そして五月二四日、「コーヒー店へ行った。話はオランダ艦隊が出航をしたこと、この町ではペストがはやっていること、その予防策のことばかりだ。ある人はこれがいいと言い、またある人はあれがいいと言う。」六月七日、「今日はまったくつらいことに、ドルーリー・レーンで赤い十字のしるしを戸口につけ、『主よわれわれを憐れみ給え』と張り札をした家を二、三軒見た――悲しい光景だった。この種のものを見たのは、覚えている限りではじめてだから。自分の体と臭いが変に思えてきた。それで葉たばこを買って、匂いをかぎ、噛まずにはおられなかった――そうするうちに心配は消えていった。

（96－97ページ）

「赤い十字のしるし」と「主よ、われわれを憐れみ給え」という言葉は、一六六五年の六月下旬に公布された条例（ロンドン市長と市参事会連名によるペスト条例）の中の「感染家屋の入口中央には、一見してそれと見分けがつくように、長さ一フィートの赤十字の標識をつけ、そのすぐ上に『主よ、憐れみたまえ』の文字を記す。この文字は、当該家屋が正式に閉鎖を解かれるまで消してはならない」とする条文（B－7項）にもとづくものである。ペスト患者の出た家は、この二つを戸口に掲げて閉鎖され、患者もその家族も、病気が治るか、死ぬかするまで閉じ込められた。隔離された家から逃げ出せば、疫病の兆候がなければ鞭打ちの刑に、罹患者は重罪人として処刑された。

六月十一日、「バーネット先生の戸口が閉まっているのを見た。しかし隣近所の人は好意を持っているという話だ。まず自分から名乗り出て、進んで閉鎖を受けたからだ――実に立派なことだ。」だが、明日はわが身の番かもしれない。「この病気のことで心が悩む。頭はまた別の用事で一杯だ。とくに、わたしの持ち物財産をどう整理するかだ。もし神のお召しがあった場合――だが、そのことは、神がおんみずからの栄光のために定め給う。」それで、まず妻の疎開を考える。「ウリッジでシェルデン氏と相談した。妻を一、二ヶ月彼の家へ行かせるのだ。彼も承知したから、たいへん都合がよいと思う……町では病気がたいそうつのり、皆こわがっている――この一週間で疫病の死者は、前週の四三人から一一二人になった。（同97－98ページ）

日記は、疎開するのはピープスの妻だけではなく、ホワイトホール宮の中庭は町を出て行く準備をした荷車や人で一杯であることや王も逃げ出していくと綴られ、さらにこうつづく。

死者の数もどんどん増えてゆく。七月一三日の週はその数七〇〇、次の週は一〇八九である。「今日ウエストミンスターで聞いた話でたいへん心配している。市の役人たちは他に場所がないと言って。開けっぴろげの野っ原に死人を埋めているのだ。」七月二六日、「病気は今週この町内にも入ってきた。実際いたるところどこにでも入りこんでいるのだ。」「町内の教会で今日何度も弔鐘が鳴るのを聞いた。悲しい音だった。死者が出たのか、埋葬のためなのか、五、六回はなったと思う。」

（同100ページ）

当時の防疫医学の発展段階では、疫病はペスト菌と呼ばれるバクテリアによって引き起こされることはわかっていない。バクテリアは、感染した蚤や、感染した人の咳や息によって拡散し、急速に肺不全を引き起こす。蚤は、齧歯類《げっし》、特にネズミによって運ばれ、ネズミは煉瓦や石の家よりもロンドンに多くあった茅葺木造家屋を好んだ。ペストの原因、経路がわからず、用心から人々は豚、犬、猫などの動物を標的とした。ロンドン中を走り回っていた野良犬は虐殺され、吠え声は町から消えていった。殺せば一匹一ペニーの報酬をもらえたのだ。

感染した蚤に咬まれたあとの症状はひどく、発熱、頻脈、呼吸困難、そのあと背中や脚が痛み、喉が渇き、歩行困難となる。リンパ腺の硬い腫れが鼠径部や脇の下や首などにでき、それが破裂すると、あまりの痛さに精神に異常をきたし、窓から飛び出したり、川へ身を投げたりするほどだった。最後には口もきけなくなり、うわごとを言い、突発的に時間や場所が分からなくなったり、注意力や思考力が低下する、いわゆる譫妄《せんもう》状態となり、心臓麻痺で死んだ。十歳から三十五歳のあいだの人たちが特に感染しやすかったといわれる。

『ロビンソン・クルーソー』を書いたダニエル・デフォー（一六六〇―一七三一）は、シェイクスピアが亡くなった五十年後の一六六五年にロンドンの疫病を綴った『ペスト』（*A Journal of the Plague Year*）の中で、当時の治療法について、こう述べている。

腫れ物の痛みはとりわけはなはだしいらしく、人によっては、我慢しようにもできなかった。だが、「内科医や外科医にかかると、拷問まがいの治療をされて、へたをすると殺されてしまうぞ」との噂も飛び交った。体質にもよるが、腫れものがひどく固くなる場合があり、強力な軟膏を貼って膿《うみ》を吸い出す治療法が用いられた。それが効かないとみると、医者は腫れものを切開して徹底的に切り刻んだ。強引に膿を吸い出しすぎたせいか、疫病の力が強かったせいか、ますます固くなることもあり、どんな器具でも切開が不可能になると、こんどは腐食剤で患部を焼いた。このような治療の繰り返しがたたって、苦痛にのたうちまわり、わめきながら死ぬ患者も多かった。手術中に絶命する者もいた。人手が足りないせいで、苦しみもがく患者を押さえつけ、いちいち看病してやることはできず、みずから命を断つものが相次ぐのも無理はなかった。全裸で戸外へ飛び出すや、監視人その他の制止を振りきって、テムズ川のほとりまで一目散に走り、そのまま身を投げるという例もあった。

（139ページ）

葬式の参列は、棺を担ぐ人と牧師を含めて六人までとされ、家から家へ寝具を移動することは禁じられた。患者を看病する者は、通りを歩くとき、一メートルの赤い杖を持たなければならなかった。ロンドンの雑踏で他の人たちが罹患者を避けられるようにするためである。

ペストが荒れ狂うと、もはや市民は恐怖の域をこえ生き延びる意欲さえも失って、完全な絶望に身を委ねるようになっていった。

もはや市民は、互いを避けたり、家のなかに引きこもったりせず、好きな場所に出かけ、ほかの人と親しく混じり合うようになった。こんな会話が飛び交った。「お元気ですかなんて訊かないし、わたしが元気かどうかも言いませんよ。どうせみんな死ぬんだから、誰が病気だろうと健康だろうと、どうでもいいですよね」。こうして市民は捨て鉢になって、どこへでも、どんな人ごみの中へでも出かけていった。みんな平気で公衆のなかに交わるようになるにつれ、驚くほど多くの人が教会に押し寄せるようになった。近くに誰がすわっていようと、いちいち気にしない。悪臭を放つ者がいてもおかまいなし。周囲の人たちの健康状態など観察しなかった。

自分も含め、目に入る人間はすべて屍だと思い、用心一つせずに教会に出かけた。聖なる勤めに比べれば、命など大事ではないかのようだった。熱心に教会に通い、一途に説教に耳を傾けていた。教会に来るたび、「きょうが最後かもしれない」と思うと、神に祈ることがどれほど尊いか、身に染みてくるのだった。（中略）節度を持つ人たちは、ふだんそれぞれ違う立場を持っていても、死を目前にした場合、互いに融和しあうものなのだ。（288－289ページ）

「きょうが最後かもしれない」との絶望感を抱き、一日いちにちを存《なが》えながらも、当時の人々には明日を信じる信条と力があった。

それは、この地上には天国に通じる道があるということであった。自らが死んで肉体はこの世から消え滅びたとしても、魂そのものは天国という永遠の国で生きつづけるという望みを失ったわけではなかった。

シェイクスピアの五つの作品と現代

第一章でみたように、シェイクスピアはペストを主題とした、あるいはペスト罹患者を主人公とした物語は一つも書いていない。しかし、本書でとりあげた五つの作品に描かれた人間群像は、現代とは舞台の様相を異にするものの、社会、階級、格差のなかで葛藤する人間の姿、暴君や為政者の立ち位置、批判精神のあり方など、コロナの時代を生きる私たちに、大きな示唆を与えてくれるものだ。

『ジュリアス・シーザー』は、高い地位をかちとろうとする人間の成否が主題となっており、政治性、弁護術の重要性などにおいては、『ヘンリー五世』と共通するものがある。しかし、根本的な差異がある。すなわち同種の題材は『ヘンリー五世』では英雄劇として、ジュリ

シェイクスピア・グローブ座（著者撮影）

アス・シーザーでは悲劇となっていることだ。世界史上重要な出来事であるジュリアス・シーザー暗殺の顚末が、古代ローマの政治家たちの巧妙なレトリックを通して描かれている。特に、シーザー暗殺に加わったブルータスの切々と理屈を説く演説は散文によって表現され、ローマ市民をして「ブルータス万歳！」と言わしめる。つづいて演壇に立ったアントニーは韻文で市民の感情に訴えると、形勢はたちまち逆転し、市民たちは、「ブルータスの家を焼きうちにしろ」と叫び、態度を豹変させる。この市民の姿にはさまざま解釈が成り立つ。本書は、暴君の言葉の光と影を認識しながら、忘我の興に入る市民たちの内面を肯定的に捉えようと試みた。つまり、市民が暴徒化するさまを鳥瞰すると、ブルータスからアントニーへと支持を容易に変えてしまう「群衆」はひとつの塊に見えてしまうが、一人ひとりの状況を個別的に想像するならば、そこには、どす黒い企みをもつ権力者の罠によって踊らされている市民の姿を見ることができる。さらに、ブルータスの妻・ポーシャが妻とは何かと問う言動には、シェイクスピアのルネサンス期に生きる女性たちへの賛歌があるように思われてならない。

『マクベス』は魔女に操られる暴君の生涯を描いている。魔女は魂を悪魔に売った女で、悪魔は、悪の芽生えた人間の心を見て誘惑することはできるが、自ら人間の運命を支配することはできない。しかし、人間もかなわぬ敏捷性と非凡な洞察力を持っているので、天使のように将来を予言する力を持っているかのように信じ込ませることができる。この劇の中には、人間性にひそむ悪への誘いと悪の威力を見ることができる。

しかし、マクベスは死ぬ直前に自分が魔女に騙されていたことに気づき、これまでの流血、裏切り、空虚な言葉は何であったのか？　その意味について問いかける。そして、「明日、また明日、また明日と、時は小きざみな足どりで一日一日を歩み……」と口にする。その死生観には、人間が現瞬間において存在し、生きつづけることの意味合いというものが、現代の暴君たちには決してもつことのない深い認識として示される。

『リア王』は、リアの性格の破綻から発展し、言語に絶する屈辱と災難を経て真実の認識をえた精神的荘厳に達する。悪意や敵意をもった世界と運命に対してリアの強い忍耐、犠牲を通して得た人間の魂の気高さが示される。老王リアが求めるものは、自分勝手で、我が儘な愛情と忠誠だけである。善人悪人の区別がつかないリアの愚かな考えは、世襲の掟や家族の絆を利用し、私利私欲に走る者らの暗躍を許している。このリアを中心に二つが対立、葛藤を展開する。一方は、親子の愛情と保護、理性を尊重し、真の人間関係をつくろうとする勢力である。もう一方は、自分だけの欲望達成しか考えない虚無的な個人主義の立場で、神の信仰から離れてゆく勢力だ。リアは、長女らの冷たい仕打ちが因で荒野の中、嵐に立ち向う。ついには自然を前にして着物をぬぎ捨て、何もない裸の人間となって現実に直面する。リアは無を見つめることで自己変革を果たすのである。

また、『リア王』には、名もなき召し使いが長年仕えた主人の残虐・非道な行為を拒み、命を懸けて人間の尊厳を守る姿がある。「シェイクスピアの偉大なる英雄の一人」（スティーブン・グリーンブラット）である。シェイクスピアはその非道を傍観する卑怯者の姿も見逃さない。

『ハムレット』では、主人公が父の装いをした亡霊に、叔父クローディアスの復讐を命じられた時から、復讐者という役を果たすために狂人を演じることになる。しかし、旅回りの一座に演じさせた「ゴンザーゴー殺し」では、芝居を通して映し出した鏡は、クローディアスの前王殺しの真実と同時に、ハムレットの真の姿もまた映し出されたのだった。鏡を通して相手を見たことで、ハムレットは父殺しの主犯をつきとめ、クローディアスはハムレットの目的をつかみ、これ以後、ハムレット殺害を企てることになる。『ハムレット』にはリアリズムを越えた真実が捉えられている。そうした視点からハムレットの母、ガートルードにも鏡を向け、彼女は前王殺しの共犯者か否か？　その〝真実〟に迫るために挑戦的な仮説を試みた。

『夏の夜の夢』の推定執筆年は一五九五～六年、ロンドンの劇場は一五九二年から九四年までペストが流行したために閉鎖された。ペストで人々が毎日のように亡くなるという暗いなかにあってシェイクスピアは、美しい森と妖精の姿をこの作品の中に描いた。生きるよろこび、自然の賛美が満ち溢れている作品である。

月光が輝き、真暗闇になるアテネの近くの森では超自然の力によって恋が生まれる。妖精パックが惚れ薬であるスミレの花汁を垂らす相手を誤ったために、四人の若者たちの関係が混乱し、一夜の恋の大騒動となる。妖精王オーベロンとともに高みの見物と決め込んだパックは、「芝居見物としゃれましょう、人間ってなんてばかなんでしょう！」と語る。人間のバカさ加減を妖精がからかう、人間の愚かさを嘲笑している、実に楽しい場面である、パックの台詞をこのように解釈することは物語の流れからみても自然である。

しかし、半面違った解釈もできる。

パックは人間の愚かさではなく、愛に熱中する人間の行動、在り様を愛おしんでいるとの見方も可能だ。アイロニーをもって人間をみつめるシェイクスピアのあたたかな眼差しがあるとの解釈もできる。このように、シェイクスピアの作品は多様な解釈が成り立つ。千万の心をもつといわれるシェイクスピア、その作品は奥が深い。

人は生態系の一部――自然と共生して生きる

シェイクスピアにとって自然は怖くもあり美しくもあり、力の源泉でもあるのだ。『夏の夜の夢』では、妖精が舞う森という〝自然〟が愛を成就させ、夢が現実と結びつき、調和と和解が成立する場所として描かれている。『マクベス』では、国王暗殺の首謀者・マクベス夫人は「さあ、死をたくらむ思いにつきそう悪魔たち、この私を女でなくしておくれ、頭のてっぺんから爪先まで残忍な気持でみたしておくれ！」と目に見えない自然に呼びかけ、勇気と力を得ようとするのだった。『リア王』の嵐の場面では、嵐よ吹けと、自然に向かって叫ぶ。自然の不思議なエネルギーはリア再生への契機となる。これらには、自然には神秘的ともいえるパワーがあり、魔力があることが示されている。そのことを意識しているか否かを問わず、人は知らない間に、その力に動かされているということであり、宇宙の生成の一環として自然の循環の中に生きていることを暗示している。

シェイクスピア作品における自然への共鳴、自然と人々の響き合いはどこからくるのだろうか。それは、第二章のなかでも述べたことだが、エリザベス朝・ジェイムズ朝の人々の世界観にある。当時の人々にとって中世的世界観と宇宙の秩序は、中世キリスト教社会から受け継いだ最も重要なものであり、整然とした組織で配列された宇宙の秩序(Cosmic Order)に対する観念である。宇宙における秩序は、この宇宙のすべてが神によって統一された一つの調和のある世界だとする観念である。そして人間はこの宇宙全体の仕組みの中で、理性を与えられた存在として独自の地位を占めていた。すべての創造物が縦の鎖に連結されており、例えば自然界を構成する四大元素（気・水・火・地）は、地は最も重量が重いことから、一番底辺に位置づけられ、水はそれよりも軽く、さらに気がその上に置かれ、一番高い位置を占めているのが火であった。

また天体の惑星に関しても中心にある静止した地球に向けて、それぞれ土星、木星、火星、太陽、金星、水星、月という順序で下降型に配列されていたのである。これは古代ギリシアの天文学者クラウディオス・プトレマイオス（Claudius Ptolemaeus、生没年不詳）の宇宙観に基づくものであった。生物の世界も魂（能力）の有無に従って、縦の鎖に連結されていた。頂点には、神（全知全能の存在として、この秩序全体を統轄していた）→天使（純粋な知性を備え、森羅万象の真理を洞察することが出来ると考えられていた）→人間→動物→植物→一番底辺には石のように生命のない物質が占めていた。すべてのものがこの「存在の鎖」に連結されているのである（なお、シェイクスピアが「秩序」の観念を詳細に述べている箇所は、『トロイラスとクレシダ』の一幕三場、知謀の将、ユリシーズの六十三行に及ぶ長い演説である）。

それらは、それぞれ独自の地位を占めながらも、人間界と大宇宙を司る神が結びつくという特有の喜びをもたらした。当時は、地球が宇宙の中心にあって、太陽や月はそのまわりを公転する天動説で、この動く天体が音楽を奏でていると信じられていた。惑星が奏でるハーモニーは宇宙的規模で響きわたり、心の清らかな人だけが、この音を聞くことができると考えられていた。

『ヴェニスの商人』のなかで、ロレンゾーは駆け落ちしたジェシカと夜空をみながら、天体の音楽についてこう語る。

この堤に眠る月の光のなんと美しいことか！
われわれもここに腰をおろし、忍び寄る楽の音に
耳を傾けるとしよう。やわらかく夜を包む
この静けさは、妙なる音楽を聞くにふさわしい。
おすわり、ジェシカ。どうだ、この夜空は！
まるで床一面に黄金の小皿を散りばめたようだ。
きみの目に映るどんな小さな星屑も、みんな
天をめぐりながら、天使のように歌を歌っているのだ、
あどけない瞳の天童たちに声を合わせてな。
不滅の魂はつねにそのような音楽を奏でている、
ただ、いずれは塵と朽ちはてる肉体がわれわれを
くるんでいるあいだは、それが聞こえないのだ。

（五幕一場）

『ペリクリーズ』では死んだはずの后に、医者が音楽を奏でさせると、奇跡が起こり后は息を吹き返す。『十二夜』には音楽を奏でたり、歌を歌ったり、歌を聞いて胸の苦

しみが和らぐなど、シェイクスピア作品には音楽の場面がたくさん出てくる。これは、音楽には大自然と呼応する神秘の力があると信じられていたからだ。

大自然には山や谷、そして森があり川が流れている。

この川の流れは、人間の体に流れる血の流れと呼応すると考えられていた。当時の生理学理論は未熟で、「血液は心臓から出て、動脈経由で身体の各部を経て、静脈経由で再び心臓へ戻る」という血液循環説は、シェイクスピア没後十二年の一六二八年、ウィリアム・ハーベー（一五七八―一六五七、イングランドの解剖学者）によって唱えられるまで知られていなかった。したがって、血液は、自然界の湧き出る泉と同じように、神秘的で不思議な現象として人々の体内を廻って生命を維持していると考えられていた。人が涙を流すのは、自然界で雨が降るのと同じで、人々の感情さえもが自然と呼応しながら人間は生きていると考えられていたのである。

また、人びとは自然には人間との呼応関係があり、幻想的な力や美しさがある半面、恐るべき側面もあわせもっていて、宇宙を支える秩序である「存在の鎖」が覆えるならば、何が起こるかわからないと恐れてもいた。「秩序」の混乱は天界、人間界、自然界におよび、天変地異が起こると考えられていたのである。

例えば、マクベスが国王ダンカンを殺害した夜、自然界にも異変が生じている。貴族のレノックスは「ゆうべはひどい荒れようでしたな、われわれの宿舎の煙突は吹き倒される始末……あの不吉な鳥フクロウも夜通しうるさく鳴きつづけたようだ」と語っている。『夏の夜の夢』では、妖精の王オーベロンの妃タイテーニアが夫婦の不仲がもたらす自然の乱れについて、「小さな川は思いあがり、堤を破り、いたるところで氾濫し、水びたしにしてしまう」と言う。

シェイクスピアは、このように中世的世界観の根源である宇宙の秩序を重んじていた劇作家でもあった。同時に、中世的世界観に立ち向かい、近代へ向かおうとする新時代の詩人であったこともたしかである。『リア王』のなかで、息子エドマンドに命を狙われたと思っているグロスターが、自分の身の危険と自然の動きを重ねて、「近頃の日食月食は不吉な前兆であった」と語る。しかし、エドマンドはこれを否定し、「運が悪くなると、たいていはおのれが招いたわざわいというのに、それを太陽や月や星のせいにしやがる」と嘲るのである。

ここには、人間の自由意思を否定する占星術を批判し、近代的思想の萌芽があるとみることができる。中世と近代の狭間で、人間とは何かと思い悩んだハムレットは、新しい道徳的秩序を見出そうとする典型であった。『夏の夜の夢』における公爵の「秩序」に逆らった結婚許可の裁断、あるいはまた、マクベス夫妻の倫理なき国王暗殺は、ある意味、中世的世界観に対する正面からの挑戦であったと捉えることができる。

シェイクスピアは作品のなかで、「存在の鎖」に両面から光をあてただけではなく、自然界と人間とのかかわり、あり方をしっかりと捉えている。それは、人間には掌握しきれない神秘な自然と共生することの大切さである。人間それ自体が、宇宙・自然と呼応することで、明日への生命を豊かにつなぐことができるのだということを示唆しているように思う。

自然の神秘性は、シェイクスピアの作品だけではなく、アウシュビッツの強制収容所を体験したオーストリアの心理学者、ヴィクトール・フランクル（一九〇五―一九九七）が著した『夜と霧』にも描かれている。コロナ渦のなかで、多くの人たちに読まれているようだ。

訳本には、霜山德爾訳（初刊一九五六年）と池田香代子訳の原文改訂による新版（二〇〇二年）があるが、ここでは池田訳を用いる。なお旧版と新版の大きな違いは、新版には「解説」と「写真と図版」がないことである。

次の一文は「第二段階　収容生活」からの引用である。

　とうてい信じられない光景だろうが、わたしたちは、アウシュビッツからバイエルン地方にある収容所に向かう護送車の鉄格子の隙間から、頂《いただき》が今まさに夕焼けの茜色に映えているザルツブルクの山並みを見上げて、顔を輝かせ、うっとりとしていた。わたしたちは、現実には生に終止符を打たれた人間だったのに――あるいはだからこそ――何年ものあいだ目にできなかった美しい自然に魅了されたのだ。

　また収容所で、作業中にだれかが、そばで苦役にあえいでいる仲間に、たまたま目にしたすばらしい情景に注意をうながすこともあった。たとえば、秘密の巨大地下軍需工場を建設していたバイエルンの森で、今まさに沈んでいく夕日の光が、そびえる木立のあいだから射し込むさまが、まるでデューラーの有名な水彩画のようだったりしたときなどだ。

　あるいはまた、ある夕べ、わたしたちが労働で死ぬほど疲れて、スープの椀を手に、居住棟のむき出しの土の床にへたりこんでいたときに、突然、仲間がとびこんで、疲れていようが寒かろうが、とにかく点呼場に出てこい、と急きたてた。太陽が沈んでいくさまを見逃させまいという、ただそれだけのために。

そしてわたしたちは、暗く燃えあがる雲におおわれた西の空をながめ、地平線いっぱいに、鉄《くろがね》色から血のように輝く赤まで、この世のものと思えない色合いでたえずさまざまに幻想的な形を変えていく雲をながめた。その下には、それとは対照的に、収容所の殺伐とした灰色の棟の群れとぬかるんだ点呼場が広がり、水たまりは燃えるような天空を映していた。

わたしたちは数分間、言葉もなく心を奪われていたが、だれかが言った。

「世界はどうしてこんなに美しいんだ！」（65 – 66ジペー）

『夜と霧』にならぶロングセラーである『アンネの日記』にも同じように自然のもつ不思議な力が綴られている。アンネが隠れ家に同居していたペーターと二人で屋根裏部屋からのぞいている景色をみつめているときのものである。

わたしたちはふたりしてそこから青空と、葉の落ちた裏庭のマロニエの木とを見あげました。枝という枝には、細かな雨のしずくがきらめき、空を飛ぶカモメやその他の鳥の群れは、日ざしを受けて銀色に輝いています。すべてが生きいきと躍動して、わたしたちの心を揺さぶり、あまりの感動に、ふたりともしばらく口もきけませんでした。彼は太い梁に頭をもたせかけて立ち、わたしは床にすわりこんで、そろって新鮮な空気を吸いながら、外にひろがる光景をながめ、そしてどちらもうっかり口をきいて、このひとときの魔法を破ってはならないと感じていました。……わたしは、ときどきひらいた窓から外の景色をながめていましたが、そこからは、アムステルダム市街の大半が一目で見わたせます。はるかに連なる屋根の波、その向こうにのぞく水平線。それはあまりに淡いブルーなので、ほとんど空と見わけがつかないほどです。

それを見ながら、わたしは考えました。「これが存在しているうちは、そしてわたしが生きてこれを見られるうちは──この日光、この晴れた空、これらがあるうちは、けっして不幸にはならないわ」って。

（一九四四年二月二十三日、水曜日／『アンネの日記　完全版』281－282ページ）

シェイクスピアは自然を重層的に描いているが、この二つの描写には、シェイクスピアの作品と同様に、自然がもたらす美しさのなかに、自然のもつ不思議な力を感じさせる。自然は極限の中で生きる人々の生命力の炎を灯しつづけるエネルギーとなっている。人間と自然との境のない一体感は、束の間とはいえ、絶望と恐怖とを自然が吸収し、充足感と安心感を与えている。自然そのものの神秘的な力には胸に迫る感動がある。

人は「時々刻々腐っていく」存在

これまでの歴史を社会科学的にみるならば、原始共産制社会を例外として、「秩序」に抗するたたかい、いわゆる階級闘争の歴史であった。それはまた、科学技術の発展の歴史でもあった。科学技術の発展がなければシェイクスピアの同時代の人々のように、しばしば恐怖におののくこともあろう。しかし、科学技術に頼り、過信するあまり、地球規模で自然が破壊され、猶予ならない事態となっている。また、受精卵の遺伝子情報を書き換えた「ゲノム編集ベビー」を誕生させるまでの恐るべき状況を生み出している。人間は自然界における強力なパワーを忘れ、自然をふくむすべてをコントロールできる〝神〟のような存在だと錯覚しているのではないか、そう思うほどの現象が生じている。

経済思想家の斎藤幸平は、『人新世の「資本論」』のなかで、現在は、地質学での「人新世」を意味するところの「人類の経済活動の痕跡が、地球の表面を覆いつくした年代」であると主張している。そして、利潤のために地球さえも食い尽くす資本主義では、「資本主義が終わる前に、地球が終わってしまう」と指摘し、「コモン」（水や電力、住居、医療、電力といった人々の間で共有される公的な富＝公共財）を「自分たちで民主主義的に管理することを目指す」ことをよびかけている。かつて経験したことのない気候変動は、経済活動の結果引き起こされた地球温暖化が原因で、二酸化炭素の排出量の削減が国際的に急務となっている。科学技術の発展の影で、科学を利用したあらたな利潤追求に走るならば、人間はもちろん、あらゆる野生の動物が滅亡し、森の木々も荒れてしまうのは必至だ。そして、いま、悩ませている新型コロナウイルスなどの新たな感染症は、環境破壊の中で起きた野生動物と人間との接触に起因すると言われ、今後、未知なる感染症がくり返し人類を襲うことへの警鐘も鳴らされている。生態系を破壊し尽くしながら、人間だけがその衝撃波から守られることなど決してない。私たちは自然に対して傲慢であってはならない。

人間は自らが小さな存在であること、動物も、植物も、そして目に見えない土中のバクテリアさえも共存して生きるという視点が必要なのだ。限りある命、つかの間の命であることを自覚することで生命への畏敬の念をもつことができたなら、この破壊的な事態にブレーキをかけることができるだろう。

この認識は、そのまま生きることの意味を考えることに結びついている。人は完全、完璧ではないからこそ、弱さやはかなさを自覚して、いま生きていることの歓びを理性と感覚で感じ、与えられた人生を貴重に生きようとするのだろう。シェイクスピアがいう、人の命の脆さ、はかなさは、人生の短さということにおいては、マクベスが語ったように、まさしく「人生は歩きまわる影法師、あわれな役者だ、舞台の上でおおげさにみえをきっても出場が終われば消えてしまう」ものである。人間は、死を意識しようがしまいが必ず死に至る。

明日、また明日、また明日と、
時は小きざみな足どりで一日一日を歩み、
ついには歴史の最後の一瞬にたどりつく……

（五幕五場）

『テンペスト』の中のミラノの公爵プロスペローは、実人生と幻影との間にどのような違いがあるのか、「われわれ人間は夢と同じもので織りなされている」と語りかける。人は永遠に生きつづけることはできない。死期があることを自覚することで、人は役者として舞台で精一杯演じることができるのだろう。

そう、この地上に在るいっさいのものは、結局は
溶け去って、いま消え失せた幻影と同様に、あとには
一片の浮き雲も残しはしない。われわれ人間は
夢と同じもので織りなされている、はかない一生の
仕上げをするのは眠りなのだ。

（四幕一場）

『お気に召すまま』ではもっと直截的で、死は腐朽であると生物学的に表現している。

「今は十時である」

……
一時間前は九時であった、一時間後は十一時だろう、
かくのごとく時々刻々われわれは熟していく、
しかしてまた時々刻々われわれは腐っていく、
……
（二幕七場）

シェイクスピアは多くの作品のなかで死について述べている。それらは、いま生きていることの重みを考えさせるものだ。当時の人々は、ばら戦争（一四五五―一四八五）が終わり、やがてくるピューリタン革命（一六四二―一六四九）の間を生き、そこにペストが加わり、死はずっと近くに感じられたに違いない。

死を意識することは絶望を自覚することではない。ハムレットが「そのときまではおれのもの。人間の一生はひとつと数えるひまもないのだ」というように、限りある人生を意識することは、時間を自らの手で支配しようとすることでもあった。死を通して生＝生命《いのち》をみつめることで、個に対する慈しみを感じ取ることができる。シェイクスピアはどんな悪人でも全面的に否定したりはしないし、どれほどの善人でも全面的に肯定し

たりはしない。一人ひとりの人間をあるがままに包み込むのだった。
シェイクスピアの描く歴史や宗教は複雑だが、そうした違いを超えて人々に感動を与える。それは人間の姿が描かれているからだ。歴史に翻弄された人間、外的な力に支配された人間、悪を抱えた人間、死を宣告されている人間、それらの人々が自己の内面的な弱点、欠点をかかえ、悩み、苦しみ、もがきながら、日常という現実をどう生きるか、それを問いかけている。その問いに対する回答は、ハムレットが語る人間賛歌のなかに隠されている、と信じたい。

この人間とはなんたる自然の傑作か、理性は気高く、能力はかぎりなく、姿も動きも多様をきわめ、動作は適切にして優雅、直観力はまさに天使、神さながら、この世界の美の精髄、生あるものの鑑、それが人間だ。（二幕二場）

人間は生態系の一部――シェイクスピアは、人は限りある人生だからこそ、自然と共振しながら、今生きていることの喜びを感じ、生きることの大切さを教えている。

【参考文献】

・池上忠弘、石川実、黒川高志『シェイクスピア研究』、慶應義塾大学出版会
・臼田昭『ピープス氏の秘められた日記――十七世紀イギリス紳士の生活――』岩波新書
・河合祥一郎　講演「コロナ時代の生き方をシェイクスピアに学ぶ」（鹿児島国際大学国際文化学部主催・二〇二一年一月九日、オンライン講演会）
・斎藤幸平『人新世の「資本論」』、集英社新書
・ジェムズ・シャピロ『「リア王」の時代　一六〇六年のシェイクスピア』河合祥一郎訳、白水社
・ジャン・ドリュモー『恐怖心の歴史』永見文雄、西澤文昭訳、新評論
・スティーブン・グリーンブラット『暴君』、河合祥一郎訳、岩波新書
・ダニエル・デフォー『新訳ペスト』中山宥訳、興陽館
・M・C・ブラッドブルク『歴史のなかのシェイクスピア』、岩崎宗治、稲生幹雄訳、研究社
・BSプレミアム「いまこそ、シェイクスピア」（二〇二一年五月十五日、NHK）
・ETV特集「サピエンスとパンデミック〜ユヴァル・ノア・ハラリ特別授業〜」、（二〇二〇年十一月十四日放送、NHK）

川上重人（かわかみ しげと／本名・前田登紀雄）

1950年 福島県猪苗代町生まれ。神奈川県横浜市在住。

日本シェイクスピア協会会員。

東京私大教連（東京地区私立大学教職員組合連合）書記長、副委員長をはじめ日本私大教連の役員を歴任。35年間にわたり私立大学教職員組合活動に従事する。

著書に『俺たちのはる・なつ・あき・ふゆ』、『歳月《とき》のかたち』、『小さな位置』、『思い出は美しすぎて』〈以上、陽光出版部〉、『シェイクスピアは「資本論」のなかでどう描かれたか』、『革命下のキューバにチェ・ゲバラの歌声が響く』、『名作が躍る「資本論」の世界』〈以上、本の泉社〉、他がある。

ペスト時代《じだい》を生《い》きたシェイクスピア
——その作品《さくひん》が現代《げんだい》に問《と》うもの

二〇二一年　六月二三日　初版第一刷発行

著　者　川上重人
発行者　新舩海三郎
発行所　本の泉社
〒113-0033
東京都文京区本郷二-二五-六
Tel　〇三（五八〇〇）八四九四
FAX　〇三（五八〇〇）五三五三
http://www.honnoizumi.co.jp/

DTP　杵鞭真一
イラスト提供：小林いずみ / PIXTA
印刷　音羽印刷株式会社
製本　株式会社村上製本所

ISBN978-4-7807-1816-4　C0098